SOUVENANCE

Du même auteur

Sous la neige noire, Éditions Michel Lafon, 2007.
Et je brûlerai ton cœur de pierre, Éditions Michel Lafon, 2008.
Le Sang des tourterelles, Éditions Michel Lafon, 2009.

Pauline Delpech

SOUVENANCE

Michel LAFON

7-13, boulevard Paul-Émile-Victor – Île de la Jatte
92521 Neuilly-sur-Seine Cedex
www.michel-lafon.com

À Fabien, mon âme frère

– 1 –

« Tu n'as pas froid, maman ?

Tu ne veux pas que j'aille te chercher ton gilet à la maison ? »

Élisabeth tourne la tête vers l'horizon comme si elle apercevait, au loin, une image qui retenait toute son attention. Devant elle, les vagues s'écrasent sur le sable de manière régulière, lancinante.

« Je t'ai posé une question, maman, dit Julie. Tu n'as pas trop froid ? »

Élisabeth regarde la jeune femme comme si elle émergeait d'un songe. Ses yeux bleus n'ont rien perdu de leur éclat, pense Julie. Tout n'est donc pas éteint chez elle. Son visage est abîmé, ses cheveux ont blanchi d'un coup, ses lèvres sont desséchées par le vent salé qui s'est levé en bourrasques, mais son regard demeure intact. Toujours aussi magnifique.

Assises sur les pierres chaudes de la digue, elles voulaient profiter de ce moment où le soleil disparaît dans l'océan. Julie avait souhaité qu'Élisabeth se souvienne de cet instant où, toutes deux, ensemble, elles contempleraient cette offrande de la nature. Élisabeth pose la main sur le bras de Julie. Une main froide et légère comme le futur cadavre qu'elle sera bientôt, pense la jeune femme.

« Est-ce qu'on venait ici, avant ?

– Avant quoi, maman ?

– Avant… eh bien, je ne sais pas… aide-moi… avant… tu sais…

– Tu veux dire avant de tomber malade ?

– Oui.

– Oui, maman. On venait là chaque été avec papa. Rappelle-toi, dès qu'on arrivait à Oléron, à peine avions-nous posé nos bagages qu'on se précipitait toutes les deux ici sur la grand-plage, pour embrasser le sable. »

Élisabeth serre le bras de Julie un peu plus fort. Un étonnement amusé se lit sur son visage qui, soudain, se défroisse et s'éclaire.

« Ah oui, vraiment ? On faisait ça ? demande-t-elle dans un éclat de rire. Mais… dis-moi… pourquoi venait-on ici tous les ans ?

– Parce qu'on a une maison de famille. Là où on est installées… cette maison où on va rester quelques jours, c'est la maison de famille !

– Quelle famille ?

– Celle de papa. De ton mari, Rodolphe. »

Le front d'Élisabeth s'obscurcit. Elle abandonne le bras de Julie comme si elle lâchait prise. Julie devine la détresse qui, tout à coup, devient sienne.

« Tu ne t'en souviens pas, maman ? murmure-t-elle, redoutant la réponse.

– Non. Où est-il ?

– Il est mort, maman. Il y a dix ans maintenant. »

Élisabeth pose la main sur sa bouche comme pour s'empêcher de crier. C'est terrible, se dit Julie, elle apprend cette nouvelle pour la seconde fois. Le neurologue qui suivait Élisabeth depuis plusieurs années l'avait prévenue ; il avait convoqué la jeune femme dans son bureau, au troisième étage de l'hôpital Necker et, très calmement, lui avait confirmé ce qu'elle savait déjà depuis des mois : « Les résultats ne sont pas bons. La tumeur a progressé très rapidement. Je vais être franc avec vous : il ne lui reste plus beaucoup de temps. Quelques semaines, tout au plus. Elle oubliera toute sa vie, elle ne se souviendra que des derniers jours. »

Julie était restée muette, le souffle coupé. Livide, elle avait quitté l'hôpital, marché des heures en somnambule dans les rues de Paris. Depuis longtemps, elle s'était préparée à entendre cette nouvelle, mais non à la vivre. Désespérée, elle regardait les arbres, les gens autour d'elle : plus rien ni personne n'avait le droit de respirer. Puisque Élisabeth allait partir, elle lui offrirait une fin digne d'elle.

Julie avait accéléré le pas. C'est décidé, avait-elle pensé, si ses jours sont comptés, je ferai en sorte qu'ils soient somptueux. Son cœur s'était calmé. D'un coup, alors, son humeur avait changé. Elle avait su exactement ce qu'elle devait faire.

« À quoi ressemblait-il ? demande Élisabeth.

– Regarde-moi, je suis son portrait craché, paraît-il. Il était grand, très grand, avec de longues mains de pianiste. Maigre aussi, presque trop. Il avait une manie : celle de toujours rejeter une mèche de cheveux en arrière.

– Comme tu as l'habitude de le faire quand tu ris ?

– Exactement. À partir de maintenant, tu retrouveras un peu de lui dès que tu me verras faire ce geste.

– Dis-moi : il était brun ou blond ?

– Brun, très brun avec des sourcils fournis qui lui donnaient un regard sombre, glacial parfois. Quand il se fâchait après moi, qu'il me faisait les gros yeux, je courais me réfugier derrière toi qui n'en menais pas large non plus.

– Pourquoi ? Il était si dur que ça ?

– Dur ? Non, pas vraiment, mais… tu n'as pas froid, tu es sûre ?

– Non, ça va, je suis bien. »

Élisabeth n'a ni froid ni envie de rentrer, elle éprouve seulement le besoin de savoir. Aux derniers jours de sa vie, elle veut tout comprendre, tout revivre. Depuis que sa mémoire part en lambeaux, qu'elle s'écroule comme un mur par pans entiers, elle a décidé de partir dignement et demandé à Julie de l'emmener loin de l'hôpital, de ce mouroir où elle s'étiolait chaque jour davantage. En l'écoutant lui raconter sa vie, elle ressusciterait un peu. Chaque mot d'elle serait un souvenir, et chaque souvenir une victoire sur la maladie.

« Est-ce que tu sais comment nous nous sommes connus ? J'ai le sentiment qu'il y avait du monde, ce jour-là. J'entends des cris, du bruit. C'était où ?

– Dans le Quartier latin. C'était Mai 68, la révolution. Les CRS contre les étudiants. Lorsque tu l'as rencontré tu pleurais. Tu avais reçu des gaz lacrymogènes dans les yeux ; tu te cachais le visage dans les mains tellement tu avais mal. On t'a bousculée, tu es tombée. Papa t'a relevée, il t'a invitée chez lui, dans son studio de la rue Linné. Il t'a soignée. Depuis ce jour, vous ne vous êtes plus quittés. Lui, en revanche…

– En revanche, quoi ?

– Il a quitté quelqu'un pour toi. Par amour. Une jeune fille qu'il devait épouser. »

Un mauvais présage, pense Julie. Ils étaient déjà mal partis, tous les deux. Élisabeth sourit. Elle trouve cela follement romantique, elle.

« Je devais être sacrément belle, alors ! dit-elle en minaudant.

– Ça, on peut le dire ! Tu en as fait tourner, des têtes !

– J'ai aimé beaucoup d'hommes avant lui ?

– Avant lui, je ne sais pas ; à sa mort, plus du tout. Ce qui est sûr, c'est que, un an jour pour jour après votre rencontre, vous vous êtes mariés comme si vous aviez peur.

– Peur de quoi ?

– Peur que tout s'arrête, que tout retombe. Que la vie ordinaire reprenne le dessus. Qu'une fois passé ce formidable espoir, cet élan, la réalité vous rattrape.

– Tu crois qu'on avait peur de ne pas s'aimer assez ?

– Je crois que tu l'as aimé éperdument. »

La nuit était tombée sans qu'elles s'en soient aperçues. L'obscurité les enveloppe, à présent. Il y a encore tant de choses à dire ; elles n'en sont qu'au début. Ce silence… il les sépare, maintenant. Chaque souvenir que je vais devoir révéler aura un goût amer, pense Julie, mais la vie n'est qu'un matériau, après tout. À moi de le sculpter comme bon me semble. Elle se penche vers Élisabeth, entoure ses épaules de son bras. Élisabeth se blottit contre elle.

« J'ai envie d'embrasser le sable », dit-elle.

– 2 –

Se tenant à la rampe, Élisabeth descend le vieil escalier de bois qui craque comme les os d'un arthritique. Elle ne reconnaît rien de ce qui est sa maison. Aucun objet du décor ne provoque en elle une once d'émotion : ni les livres alignés sur les étagères de la mezzanine, ni les tableaux orientalistes accrochés aux murs du salon, ni aucun des meubles patinés par les ans. Rien ne lui parle, rien ne la touche, excepté cette bonne odeur de café moulu qui émane de la cuisine et qui la rassure. Elle trouve Julie assise devant une tasse fumante, vêtue d'une marinière et d'un jean retroussé sur les chevilles. L'esprit ailleurs. Celle-ci ne remarque même pas la présence d'Élisabeth lorsqu'elle prend place à table. Amusée, Élisabeth tape du pied sur le plancher pour sortir Julie de sa torpeur.

« Ah, tu m'as fait une de ces peurs ! », s'exclame Julie en portant la main à son cœur.

Élisabeth sourit, attendrie.

« Tu semblais loin. À quoi pensais-tu ?

– Je finissais ma nuit. Elle a été très agitée.

– Pourquoi ?

– Des questions que je me pose, des soucis… mais bon… rien de grave. Tu veux du café ?

– Ne bouge pas, je vais me servir. »

Machinalement, Élisabeth ouvre la porte du buffet, pensant y trouver bols et assiettes, mais n'y découvre que du linge de maison. Ce sont tous ces petits détails qui l'achèvent, songe Julie en lisant sur son visage un désarroi mêlé de stupeur. Toutes ces petites déconvenues, d'apparence anodine, qui sont en fait d'une violence inouïe.

« Ah oui, maman, excuse-moi. J'ai oublié de te dire que j'ai déplacé certaines choses. Les tasses et les bols sont dans le placard de droite. Oui, celui-là… »

Élisabeth se verse du café dans une tasse, y ajoute trois sucres, le boit en prenant garde de ne pas se brûler. C'est pour ces moments de répit que je me félicite d'agir de la sorte, pense

Julie. En usant de toutes ces ruses, de toutes ces astuces. Pour la voir tranquille, apaisée, éloignée pour un instant de l'abîme dans lequel elle va tomber. Voilà ce qui m'apaise à mon tour.

« Qui est-ce ? demande soudain Élisabeth alors qu'on vient de sonner à la porte d'entrée. Tu attends quelqu'un ?

– Non, personne. Surtout ne bouge pas, je vais voir. »

Surprise par le coup de sonnette énergique, Élisabeth a renversé un peu du liquide brûlant sur la table. La tache s'arrondit autour du cendrier. Lorsque l'éponge glisse sur le verre transparent, Élisabeth s'amuse de voir réapparaître l'inscription « Park Hyatt – New York », finement gravée au dos de l'objet.

Julie ouvre la porte, se retrouve face à face avec le jardinier et factotum du village. Imposant, les yeux pétillants, l'air goguenard, un brin marlou quoique très respectueux envers les gens, il vient s'enquérir de la pérennité de son travail.

« Bien le bonjour, miss Julie, salue-t-il en ôtant sa casquette de gavroche. J'ai vu que les volets étaient ouverts, alors je me suis permis de venir au rapport. Qu'est-ce que vous pensez de mes roses trémières ? Elles seront robustes, hein ? Et vous avez remarqué ? Les crocus ont recouvert toute la tombe de Youpi. Je sais à quel point vous l'aimiez, votre petit chien. »

Toujours égal à lui-même, pense Julie en considérant sa peau cramoisie par le pineau blanc et les embruns du large. M. Massé, elle le connaît depuis toujours. C'est lui qui lui a appris à distinguer les champignons vénéneux des comestibles dans la forêt domaniale de Saint-Trojan. Aujourd'hui, cependant, il lui fait un peu pitié. Veuf depuis longtemps, son fils unique « monté à Paris », il traîne son ennui de bar en bar. Que de solitude ! déplore-t-elle.

« Oui. Excusez-moi, monsieur Massé, c'est très gentil de votre part, mais nous sommes arrivées hier soir seulement. Je n'ai pas encore eu le temps de faire le tour du jardin.

– Vous êtes venue avec votre fiancé ?

– Non, ce n'est pas encore pour cette année. »

Julie se retourne : Élisabeth avance vers elle à pas mesurés. Le jardinier jette un coup d'œil par-dessus l'épaule de la jeune femme.

« Effectivement, c'est pas votre fiancé, plaisante-t-il. Alors, vous êtes venue avec…

– Bon, au revoir monsieur Massé », dit Julie, coupant court à la conversation et lui fermant brusquement la porte au nez.

Interdit, le vieil homme reste planté quelques secondes sur le trottoir avant de se décider à partir. Qu'est-ce qui lui prend ? se demande-t-il. « Bah ! grommelle-t-il en haussant les épaules. Faut pas chercher à comprendre, elle est devenue comme toutes les Parisiennes : toujours pressée, jamais aimable, voilà tout ! », marmonne-t-il en poursuivant son chemin.

« Qui c'était ? demande Élisabeth.

– M. Massé, l'homme qui s'occupe d'entretenir le jardin en notre absence, qui nous rend de menus services… enfin, l'homme à tout faire, quoi ! »

Par pudeur, Élisabeth se refuse à poser trop de questions. Les larmes lui montent aux yeux. Non, tu ne passeras pas pour une vieille folle, se dit-elle. Pas encore. Et je ne pleurerai pas. Pas devant les autres. S'il est encore une chose qui m'appartienne en ce bas monde, une chose que je possède, une seule, c'est bien ceci : la dignité.

« Ah oui, il est bien gentil ce monsieur ! Et sa femme, toujours charmante », déclare-t-elle pour donner le change, en faisant volte-face.

Julie rejoint Élisabeth dans le salon, le cœur serré par ce qu'elle vient d'entendre. Pour détendre l'atmosphère, la distraire de ses tourments, elle choisit de lui offrir un joli souvenir. Mais lequel ? Machinalement, dans une sorte d'urgence, elle se dirige vers la bibliothèque, saisit un livre de photos sur le Yucatán, s'installe à ses côtés sur le sofa. Le livre sur les genoux, elle tourne les pages une à une. Instantanément, Élisabeth est captivée par la beauté des images, les plages de sable blanc, la mer transparente, les Indiennes aux corsages colorés : tous les clichés du Mexique touristique.

« C'est là-bas que vous êtes partis, papa et toi, en voyage de noces », dit Julie.

Les yeux rivés sur les photos, Élisabeth s'enthousiasme. Elle est transportée, son cœur s'accélère. Elle ne se souvient pas du Mexique, mais ressent ce plaisir intense que le voyage lui procurait. Cette soif de départ, de découverte reste toujours insatiable et cette rare certitude déclenche en elle un élan de gratitude vis-à-vis de l'existence. Enfin, elle retrouve des impressions qu'elle croyait à jamais perdues. Elle ne vit pas, elle est vivante.

« J'adorais voyager, je sais à quel point j'aimais cela. Prendre des avions, des trains, des bateaux... Partir loin, toujours ailleurs. Je ne m'en lassais jamais. »

Ses joues rougissent, elle s'exalte. Elle voudrait pouvoir attraper au vol une seule de toutes les images qui s'entrechoquent dans sa tête, mais elle n'y parvient pas. Tout se mélange, se confond : les mers chaudes des tropiques et les neiges éternelles du Kilimandjaro, le Golden Gate et les voies ferrées du Transsibérien, les dunes du Sahara et les plaines de Patagonie. Elle ne fantasme pas ; ces visions-là sont bien réelles et elle mourra avec, elle les emportera avec elle dans peu de temps, elle en est certaine.

Elle est transfigurée, se dit Julie en observant le visage éclairé d'Élisabeth. Elle n'a même pas entendu l'allusion au voyage de noces. Julie ne veut pas interrompre le fil de ses rêveries. Elle la laisse s'abandonner aux souvenirs...

« Est-ce que je t'ai déjà emmenée avec moi dans le désert ? demande Élisabeth. Connais-tu cette lumière ocre au crépuscule, ce silence oppressant qui te rend presque claustrophobe ? Je ne me rappelle plus où c'était exactement, ni quel âge j'avais, ni même avec qui j'étais, mais je sais que le désert est ainsi.

– Non, tu ne m'as jamais emmenée, répond Julie, mais je crois bien que tu étais partie à l'aventure avec une de tes amies, sitôt ta maîtrise de droit obtenue. Vous aviez choisi le Maroc. Tu n'avais pas plus de vingt ans.

– Le bel âge ! s'exclame Élisabeth.

– L'âge de toutes les promesses, de tous les désirs…

– J'ai eu vingt ans un jour ? Ça me paraît fou !

– Et pourtant, aujourd'hui, tu as trois fois vingt ans… et des poussières, ajoute Julie en riant. Et tu voyages encore… dans ta tête ! C'est vrai que tu avais le goût du départ. Bien plus fort que chez d'autres. »

Mais ce sera là son dernier voyage, pense Julie en voyant Élisabeth refermer le livre.

– 3 –

Les cabas pèsent lourd au bout de leurs bras. Elles avancent péniblement dans les allées étroites du marché, encombrées en cette matinée d'été. Julie bouscule involontairement une vieille dame qui traîne un caddie plein à ras bord.

« Regarde où tu mets les pieds ! », lui lance la grand-mère en lui décochant un regard noir.

Julie, qui n'est pas du genre à se taire, l'envoie promener.

« La prochaine fois, nous éviterons d'y aller le dimanche. Il y a trop de monde et trop peu de sourires », dit-elle en se retournant vers Élisabeth.

Mais celle-ci n'est plus là. Elle s'est arrêtée devant l'étal d'un marchand d'épices et respire à plein nez l'odeur capiteuse de la cannelle. Julie la rejoint, la découvre en ravissement devant cette abondance de senteurs nouvelles.

« Hmm… murmure Élisabeth en fermant les yeux, un sourire aux lèvres. Finalement, il y a de bons côtés à l'oubli, il nous permet de redécouvrir des sensations qu'on croyait perdues. Comme ce parfum de cannelle. Et cette poudre jaune, Monsieur, qu'est-ce que c'est ? demande-t-elle au marchand.

– Du curry, Madame. Vous voulez sentir ?

– Oui, s'il vous plaît. »

Le marchand lui tend un sachet dont elle s'empare joyeusement. Elle le soupèse, le porte à son nez et s'enivre de son parfum. Elle adore.

« Achetons-en pour agrémenter la sauce du poulet. »

Julie sort son porte-monnaie, remet au vendeur la somme indiquée sur le sachet. Elle a tellement envie de la chouchouter et de lui faire plaisir ! Elle l'observe qui ne peut s'empêcher d'aller d'étal en étal, de serrer la main aux vendeurs et de toucher à tout. Chaque chose lui plaît, le moindre détail la ravit : les couleurs éclatantes des premiers fruits d'été, les odeurs qui se mêlent, les cris des marchands qui alpaguent le chaland, le mouvement de la foule qui déambule… Tout l'amuse, tout la distrait.

« Il nous reste encore des framboises à acheter, dit-elle.

– Allons-y ! »

C'est en se dirigeant vers l'étal du primeur qu'elles entendent des pleurs étouffés. Elles tendent l'oreille, cherchent du regard d'où ils peuvent bien provenir. Sur un banc, solitaire parmi une foule indifférente et sourde, un petit garçon sanglote. Élisabeth et Julie s'approchent, étonnées de ne voir aucun adulte auprès de lui.

« Pourquoi tu pleures, mon petit ? », demande Élisabeth.

En guise de réponse, le garçonnet renifle dans sa manche. Il dévisage Élisabeth avec méfiance.

« Où est ta maman ? »

À ces mots, il se met à brailler de plus belle :

« Je ne sais pas, je l'ai perdue, j'ai perdu ma maman, répond-il entre deux hoquets.

– Ne t'inquiète pas, on va la retrouver », dit Julie pour le rassurer.

Ces paroles apaisent le petit garçon. Élisabeth lui tend un mouchoir, alors que Julie pivote sur elle-même dans l'espoir d'apercevoir la mère de l'enfant. En vain. Personne, parmi tous ces gens affairés, ne prête la moindre attention au petit garçon.

« Comment tu t'appelles ?
– Joseph.
– Quel âge as-tu?
– Sept ans.
– Tu es en vacances, ici ?
– Oui, avec maman. Mais elle n'est plus là, je l'ai perdue », répète-t-il en pleurant de nouveau.

Les deux femmes se regardent, impuissantes.

« Il faut l'emmener au commissariat », murmure Élisabeth à l'oreille de Julie au moment où un cri s'élève, déchirant de détresse : « Joseph, où es-tu ? Joseph ! ». C'est la plainte d'une mère dévastée, comme amputée d'une partie d'elle-même, en proie à la panique.

« Voilà, je l'entends, c'est elle ! », s'exclame Julie.

Devant elles, rompant le rythme nonchalant de la foule, une femme affolée tourne sur elle-même, se cogne aux autres en hurlant. Julie se précipite vers elle, l'empoigne.

« Il est là, sur le banc, à côté ! juste derrière nous. »

Sans même l'écouter, la femme l'écarte. Elle repère son enfant aux côtés d'une dame embarrassée de cabas.

« Joseph ! gémit-elle en se jetant sur lui et en le serrant de toutes ses forces contre sa poitrine. J'ai eu si peur ! »

Julie, soulagée, adresse un sourire complice à Élisabeth, mais elle la trouve en larmes, le visage caché dans ses mains.

« Merci, merci infiniment », dit la maman du petit bonhomme à Élisabeth, mais celle-ci, déjà, n'entend plus. Secouée par les sanglots, ravagée de chagrin, elle ne prête plus attention à ce qui se passe autour d'elle. La mère et l'enfant s'éloignent main dans la main, comme enchaînés l'un à l'autre.

« Qu'est-ce qui t'arrive, maman ? Tu devrais être contente. Tout est bien qui finit bien. »

Élisabeth ne peut répondre, ses gémissements l'étouffent.

« Parle-moi, insiste Julie. Explique-moi ! »

Élisabeth l'implore du regard comme un animal traqué. Tout son visage n'est plus que douleur.

« Où est mon fils ? demande-t-elle.

– Qu'est-ce que tu veux dire ? murmure Julie, effarée.

– Mon fils, je sais que j'ai un fils. Où est-il, mon Dieu ? insiste-t-elle alors que Julie persiste à se taire. Cette scène, ces retrouvailles… ça m'a rappelé brutalement des tas de choses, dit Élisabeth en se pressant les tempes du bout des doigts, hochant la tête de droite à gauche comme pour nier ce qu'elle sait déjà. Je l'ai perdu moi aussi, ou plutôt j'ai cru le perdre. »

Julie s'assoit à côté d'Élisabeth, se penche vers elle pour l'inviter à se confier.

« Raconte-moi, maman.

– Te raconter quoi ? Je ne sais pas quand, comment, ni pourquoi… Je sais simplement que j'ai failli mourir d'angoisse. Bon sang ! comme j'aimerais que tout cela me revienne en mémoire… Je me souviens, Julie, du temps qui s'écoulait au ralenti : les heures semblables à des jours, les jours semblables aux mois. Une éternité. Et puis il est revenu ; je l'ai serré dans mes bras. Fort, si fort. Mais toi, tu étais là, tu es en mesure de m'expliquer. Quel âge avait-il ? Est-ce qu'il était parti ? Est-ce qu'on me l'avait enlevé ? Je ne me souviens même plus de son prénom.

– Matthieu, maman. Il s'appelait Matthieu et il avait quinze ans quand c'est arrivé. Il a fugué un matin de mars. Il a disparu pendant trois jours. Tu en es tombée malade. Tu as déplacé des montagnes pour le retrouver, tu as prévenu immédiatement la police, remué ciel et terre... jusqu'à son retour. Il n'a jamais vraiment expliqué les raisons de son départ, mais le fait est que les rapports étaient très tendus entre lui et papa.

– Mais où est-il, aujourd'hui ? »

Julie, désarmée, baisse la tête, fixe les pavés. Elle prend une profonde inspiration pour se donner du courage. Puis fait le choix de le lui annoncer :

« Il est décédé. Avec papa, il y a dix ans, dans l'accident.

– Quel accident ? demande Élisabeth avec un calme qui la surprend elle-même, résignée à présent.

– Un accident de voiture. Stupide. Un type bourré qui les a percutés de plein fouet. Ils sont morts sur le coup.

– Quel âge avait Matthieu ?

– Vingt ans.

– Le bel âge ! reprend Élisabeth avec un mélange d'ironie et de colère qui la fait pleurer de plus belle.

– Étaient-ils réconciliés au moment de l'accident ? », demande-t-elle sur le chemin du retour.

Julie marche auprès d'elle en accordant son pas au sien. Elle aimerait se délester de ses paquets pour pouvoir la prendre par le bras, la soutenir. Elle la sent fragile comme une brindille au vent.

« Bien sûr, depuis longtemps.

– Mais quel était le problème entre eux ? Rodolphe était-il trop sévère avec lui ?

– Non, pas sévère, mais il y avait des tensions entre toi et papa que Matthieu ne supportait plus et il se sentait trop coupable…

– Coupable de quoi ? »

Julie a trop parlé. Elle aurait préféré se taire.

« Coupable de quoi, Julie ? insiste Élisabeth.

– Coupable d'avoir causé de la peine à papa. Tu sais, Matthieu était quelqu'un de profondément honnête. Il ne tolérait pas le mensonge, ni la dissimulation. Il parlait comme il pensait : sans détour. Déjà, quand on était petits et que je faisais une bêtise, il courait vous la rapporter. C'était un cafteur de première ! Plus tard, en grandissant, il a conservé ce dégoût pour la fourberie, la lâcheté sous toutes ses formes. Et ça lui a causé du tort. Comme quoi, il faut parfois savoir mentir dans la vie… »

Les douze coups de midi sonnent au clocher de l'église. Les gens se hâtent de rentrer chez eux pour cuisiner les légumes frais et les poissons pêchés du jour. Au-dessus de leur tête, les nuages s'amoncellent, menaçants.

« Vite, dépêchons-nous, dit Julie en regardant le ciel qui se couvre.

– De quel tort parles-tu ?

– Je t'expliquerai tout ça à la maison », répond-elle tandis que les premières gouttes s'écrasent au sol comme des grains de raisin trop mûrs.

Le temps de parcourir dix mètres, les voilà trempées jusqu'aux os. Toutes deux s'abritent sous un auvent de la place du marché qui se vide. Les derniers flâneurs se réfugient dans les boutiques alentour, les vendeurs remballent à toute vitesse leurs cageots dans les camions. L'air se charge d'une odeur de frondaison mouillée. Les branches des arbres se balancent au gré du vent qui, soudain, prend de l'ampleur et s'annonce colérique. Julie s'échappe. Elle imagine l'océan démonté, les surfeurs parisiens rebroussant chemin, terrorisés par la mer en mouvement, mettant le cap sur la Côte d'Azur et ses eaux plus calmes pour goûter aux joies de la simple baignade. À présent, des éclairs déchirent le ciel. L'orage gronde comme une bête qui fait le gros dos.

« Attendons un peu, dit Julie. C'est dangereux de courir sous la foudre. »

Venu s'abriter à côté d'elles, un homme ruisselant de la tête aux pieds leur propose de les raccompagner. À son accent appuyé, à son visage buriné par le soleil et les embruns, à cette odeur iodée qui émane de lui, les deux femmes comprennent immédiatement qu'il s'agit d'un insulaire.

« Ma voiture est garée à dix mètres. Laissez-moi vous déposer, dit-il afin de leur être aimable. On est tous un peu voisins, ici. »

Tous trois prennent place dans le véhicule qui avance lentement sur la route glissante bordée de marais salants, abordant chaque virage avec précaution.

« J'ai connu des saisons plus belles, commence le conducteur. Quel été pourri ! Depuis que je suis arrivé, j'ai pas encore pu me baigner. Faut dire que je suis frileux. Si l'eau est au-dessous de vingt-cinq degrés, moi, j'y vais pas ! Vous allez me dire : pourquoi je file pas sous les tropiques ? C'est que j'ai pas les moyens, M'dame. Je suis pas autrement que les autres : moi aussi j'aimerais bien savoir à quoi ressemblent les Antilles ou les Seychelles ! Mais cette année, comme tous les ans, ce sera encore Oléron. Je parie que vous allez me répondre : allez donc à La Grande-Motte ou à Perpignan, il y fait beau là-bas, l'été, mais figurez-vous que c'est aussi cher qu'à l'île Maurice ! Et vu la conjoncture… De nos jours, on peut pas faire ce qu'on veut ! Au fait, vous habitez quelle maison exactement ? Ce serait pas dans les nouveaux lotissements, par hasard ? Vous avez vu ce qu'ils construisent ? Ils dénaturent le pays ! Bientôt, ça ressemblera à Los Angeles où il n'y a pas deux maisons pareilles. Bon alors, vous habitez où ?

– Dans les glacis, monsieur… ?

– Guinard, vot' serviteur, M'dame ! On n'est pas tout à fait voisins, alors. Moi, je suis à Dolus, mais je viens de Palaiseau et c'est pas folichon, comme dirait l'autre !

– Nous voilà arrivés, l'interrompt Julie en lui tapotant l'épaule. C'est la maison aux volets verts avec les roses trémières.

– Ah, mais je la connais ! Ma mère y faisait le ménage, elle était employée par la mairie, qui l'envoyait récurer les maisons des estivants pendant leur absence. Elle m'a amené là plus d'une fois du temps que j'étais môme. Je me rappelle avoir ramassé des cagouilles dans le jardin. »

Murée dans son silence, Élisabeth n'écoute pas, ne manifeste rien. Elle pense encore à Matthieu, à sa mort dont il ne lui reste aucune trace, aucun souvenir. Comment une mère peut-elle effacer une telle tragédie ? se demande-t-elle. Je suis capable de retenir quelques lignes d'un livre, quelques vers d'un poème, le goût du chocolat chaud, onctueux, au Café de Flore à Paris, l'odeur de la terre humide au petit matin à Rambouillet quand je montais à cheval, une scène d'un film dont j'oublie aussitôt le titre, le visage de la boulangère ou du charcutier du coin, de gens qui ne sont rien pour moi, mais de Matthieu, mon fils, et de Julie, il ne subsisterait pas la moindre trace ? Pas une poussière, un fragment, même infime, de souvenir ? Le lien entre une mère et ses enfants est indéfectible. Il s'agit d'âme, d'amour ; c'est le cœur, ce sont les tripes qui parlent ! Rien ne peut l'effacer. Cette saloperie de maladie ne respecte donc rien !

Et moi, je suis donc bien faible pour la laisser tout emporter ! Je serais prête à revivre le jour de l'accident, le jour de ce drame, à apprendre encore la nouvelle par téléphone, à m'effondrer, à les enterrer tous les deux, mon fils et mon mari, à jeter une poignée de terre sur leurs cercueils, à continuer seule avec mon chagrin. Oui, je serais prête à revivre l'enfer pour me sentir vivante !

« Je vais vous aider à porter tout ça », dit M. Guinard en s'emparant des cabas.

Il ouvre le portail, pénètre dans la maison comme s'il était chez lui.

« Oh, vous avez fait des aménagements ? s'écrie-t-il en balayant la pièce du regard. Si je me souviens bien, le séjour était beaucoup moins grand. Vous avez abattu une cloison ? demande-t-il en se dirigeant vers la cuisine. Je me rappelle... on s'était enfermés là, dans le cagibi, avec le petit garçon de la maison. C'était votre frère, non ? Par contre, c'est drôle mais... je ne vous remets pas, vous.

– Bon, monsieur Guinard, merci pour votre gentillesse. C'est très aimable à vous », répond Julie.

Elle le pousse vers la sortie, une main plaquée entre ses omoplates, empêchant ainsi Élisabeth d'intervenir.

« Je dirai à ma mère que je vous ai rencontrée, ça va lui faire sacrément plaisir ! Et surtout, n'hésitez pas, si vous avez besoin de moi, vous savez où me trouver : M. Guinard à Dolus !

– Parfait, je n'hésiterai pas, si besoin », dit Julie en le regardant s'éloigner.

Il a failli tout gâcher, cet imbécile ! pense-t-elle. Il faut que je sois toujours aux aguets, toujours vigilante. Je ne peux pas me permettre de relâcher mon attention ne serait-ce qu'une seule seconde, sinon tout est foutu !

Elle déverse le contenu des cabas sur la grande table en chêne, trie les légumes d'un côté, les fruits de l'autre, aligne les pots d'épices sur les étagères, entreprend de ranger les provisions avec méthode. C'est ainsi que je dois agir, dorénavant. Toujours avec méthode, se dit-elle, ravie de son sens de l'organisation.

« Tu as envie de quoi pour déjeuner, maman ? Je vais me mettre aux fourneaux. »

Seul le silence lui répond.

« Maman ? »

Rien. Pas de réponse. Curieuse, Julie passe la tête dans l'embrasure de la porte et constate qu'Élisabeth a déserté le salon.

« Maman, où es-tu ? demande-t-elle en haussant la voix.

– En haut, dans ma chambre ! Viens, je voudrais te demander quelque chose ! »

– 4 –

Intriguée et vaguement inquiète, Julie s'exécute. Elle pousse la porte entrouverte de la chambre, découvre Élisabeth, appliquée comme une écolière, en train d'écrire sur un cahier à spirale. Elle l'observe quelques instants en silence, à son insu. La lumière épaisse, floue, qui filtre à travers les vitres et vient caresser son profil, lui rappelle une toile de Vermeer, contemplée longuement au Rijksmuseum d'Amsterdam : cette quiétude, ce calme qui émanait du tableau du grand maître, Julie les ressent à nouveau en cet instant. Elle est encore si belle, pense-t-elle en s'attardant sur la délicatesse de ses traits, la finesse de ses poignets, la grâce de ses mouvements lorsqu'elle repousse derrière son oreille une mèche grisonnante, lorsqu'elle pianote de ses ongles vernis sur la surface lisse du bureau.

« Que voulais-tu savoir, maman ?

– Ah, tu es là, ma chérie ! Je ne t'avais pas entendue. »

Ces mots : « ma chérie »… si elle savait à quel point ça la bouleverse ! Chaque fois qu'Élisabeth les prononce, ça la remue de la même manière. Julie s'élance vers elle, l'étreint de toutes ses forces, submergée d'amour. Élisabeth, surprise, répond à son élan en la serrant à son tour dans ses bras. Elle ramasse ses lunettes tombées à terre, les replace sur son nez.

« Dorénavant, j'ai décidé de tout écrire, tout ce que tu me raconteras de ma vie. Plus question d'oublier quoi que ce soit. J'avais occulté jusqu'à l'existence de mon fils et de mon mari. Je suis sûre que, demain encore, la maladie les aura effacés de ma mémoire et je ne le veux plus. Plus jamais. Plus jamais je ne partirai sans vous.

– Qu'est-ce que tu veux entendre, maman ? Par quoi veux-tu que je commence ?

– Par moi. J'ai besoin d'en savoir un peu plus sur moi. Qui j'étais, quel métier j'exerçais, quelle mère et quelle épouse j'étais. Est-ce que je vous ai beaucoup grondés, Matthieu et toi ? Quelles sont les histoires que je vous lisais pour vous endormir ? Parce que je vous en lisais, des histoires, n'est-ce pas ? Je veux que tu ne me caches rien, que tu n'oublies rien, que tu sois honnête et sincère. »

L'ampleur de la tâche effraie un peu Julie qui, les jambes coupées, s'affale dans le fauteuil club en cuir noir. Elle lève les yeux au plafond comme si elle cherchait le point de départ du récit de cette vie dans les fissures qui s'entremêlent. Un coup de peinture serait le bienvenu, songe-t-elle. Un bon rafraîchissement. Et pourquoi pas tout abattre pour tout reconstruire ?

« On va y aller lentement, maman, si tu veux bien. Point par point. Pour éviter de te fatiguer.

– J'ai déjà écrit que j'avais obtenu une maîtrise de droit, c'est bien ça, hein ?

– Absolument.

– Donc j'étais juriste ?

– Non, et le plus drôle, c'est que ta maîtrise ne t'a jamais servi. Tu créais des parfums pour Jean Patou. Tu étais nez, très reconnue et très appréciée dans ta profession. Tu voyageais aux quatre coins du monde, tu partais dénicher des senteurs nouvelles dans les pays lointains : la fleur d'hibiscus en Égypte, la frangipane à Bali, l'eucalyptus en Grèce, et tant d'autres…

“Chrysalide”, ça te dit quelque chose ? Attends, ne bouge pas, je reviens ! »

Julie s’éclipse. Élisabeth entend les placards de la salle de bains s’ouvrir et se fermer, les flacons tinter sur les étagères de verre. Elle comprend que Julie cherche quelque chose. Quelques minutes plus tard, celle-ci revient près d’elle, couvant dans ses mains une bouteille dont les contours évoquent la silhouette d’une femme. Elle ôte le bouchon, respire le parfum qui a un peu tourné, a changé de teneur avec les années, mais dont les notes fleuries et boisées ont subsisté.

« Tiens, voici “Chrysalide”, annonce Julie en lui tendant le flacon. Ta dernière et plus belle création.

– Hmm, j’adore ! s’exclame Élisabeth avec une satisfaction presque enfantine. C’est moi qui ai fabriqué cela ?

– Oui, et d’ailleurs, c’est après “Chrysalide” que tu as reçu les félicitations de tes pairs et que tu as eu ta photo dans le journal. Tu es passée à la postérité ! Tu étais tellement heureuse ! Tu imagines ? Le nombre de femmes qui ont envoûté leur amant grâce à toi ! Celles qui se sont mariées avec une goutte derrière chaque oreille, toutes ces mamans qui l’ont reçu en cadeau pour la fête des Mères... Sans t'en douter, tu as contribué, à ta façon, au bonheur des gens.

– Et au sein de la famille, également ?

– Nous n'étions pas malheureux, nous habitions un bel appartement dans le 17e arrondissement de Paris, face au parc Monceau où nous allions jouer avec Matthieu en sortant de l'école. À l'adolescence, c'est là que nous retrouvions nos premiers flirts.

– Qu'est-il devenu, cet appartement ? On l'a vendu ? Il était comment ? Grand ?

– Suffisamment spacieux pour ne pas se gêner les uns les autres. Il comprenait un grand séjour que tu avais décoré à ton goût, dans un style un peu baroque. C'est là que tu donnais des réceptions. De somptueuses réceptions.

– Qui y était convié ? J'avais beaucoup de relations ?

– Au début, seuls les intimes étaient invités. Ensuite, le Tout-Paris a défilé chez nous. Parfois on voyait des vedettes, des artistes, des hommes politiques, c'était fou ! Tu avais le don pour mettre les gens à l'aise, pour dresser de jolies tables. Tu aimais cuisiner pour tes invités, et tu cuisinais divinement d'ailleurs ! Tu recherchais toujours l'harmonie et le plaisir.

– Ça a duré longtemps ?

– Des années et, soudain, tout s'est arrêté.

– Juste après l'accident ?

– Oui, ton goût de la fête est parti avec eux.

– Et nous ?

– Toutes les deux ?

– On est restées dans cet appartement ?

– Oui, mais il était devenu trop vaste, trop vide, trop habité par l'absence. Un jour de grand vent, quelques mois après ce drame, tu as rassemblé toutes les affaires de papa et de Matthieu, tu es partie à la campagne et tu as tout brûlé.

– Même les photos ?

– Même les photos. Tu l'as regretté, mais c'était trop tard. Tu ne voulais rien conserver d'eux, c'était trop douloureux. Moi j'ai réussi à sauver l'alliance de papa, mais rien de Matthieu.

– C'est comme s'ils n'avaient jamais vécu, alors ?

– En quelque sorte, oui.

– En revanche, j'ai voulu garder l'appartement, je suppose…

– Tu l'as mis en vente tout de suite après l'accident. On a eu quelques visites, mais personne ne s'est décidé à l'acheter et, finalement, tu as renoncé à le vendre. Tu as tout chamboulé, tout réaménagé. La chambre de Matthieu est devenue la chambre d'amis, mais nous n'avions plus d'amis.

– Mais... pour quelle raison ?

– Toujours les mêmes, maman. Quand tout va bien, les gens viennent à vous, quand tout va mal, ils désertent.

– C'est inouï, accuse Élisabeth. Personne n'est venu me voir à l'hôpital, reprend-elle après un long silence. Clotilde est la seule qui me soit restée fidèle, n'est-ce pas ?

– Oui. Elle n'a jamais hésité à revenir de Buenos Aires, chaque année, pour te rendre visite. Donc tu te souviens d'elle ?

– Oui, vaguement.

– Et tu te souviens de ce qu'elle te racontait ?

– Absolument pas. Et comme à l'époque je n'avais pas encore eu l'idée d'écrire, il ne me reste rien de ces conversations. »

C'est vrai, pense Julie. J'avais oublié cette fameuse Clotilde. Il ne faut jamais rien négliger, ni personne.

« Tu veux que je te parle un peu d'elle ?

– Oui. C'est ma meilleure amie, ça je le sais. Je la connais depuis toujours, hein ?

– Depuis la fac. Vous vous êtes rencontrées en droit. Tu disais d'elle qu'elle était comme la sœur que tu n'avais jamais eue, vous étiez inséparables.

– Qu'est-ce qui nous a éloignées alors ?

– Elle a rencontré Pablo, un homme d'affaires argentin et elle a tout quitté pour le suivre. Elle ne revenait en France que pour toi.

– Je ne la verrai donc plus…

– C'est toi qui en as décidé ainsi, maman. Tu as choisi de ne pas l'informer de tes intentions. Tu voulais à tout prix éviter les adieux déchirants, pathétiques, ordinaires.

– Effectivement, c'est bien mieux ainsi. »

Élisabeth reprend son cahier à spirale et, frénétiquement, noircit des pages et des pages. Elle est dans l'urgence : celle de tout ressusciter avant que tout ne tombe dans le néant, avant que tout ne bascule : la vie dans l'oubli et elle dans la fosse. Elle écrit comme on s'entaille les veines, avec l'envie d'en finir au plus vite. Les premières lignes écrites sur ces pages sont autant de coupures sur son corps. Quand elle aura rempli ce cahier, elle mettra un point final à sa vie. Elle est sereine, déterminée.

Julie promène son regard sur le décor. Elle bouge le moins possible pour ne pas la perturber.

Tout est calme, silencieux. Seul un petit papillon se cogne inlassablement contre le carreau de la fenêtre, à la recherche d'une issue ; mais ses efforts restent vains. C'est la même histoire que celle d'Élisabeth, songe Julie. Elle bute inexorablement contre les murs de sa mémoire sans parvenir à s'échapper. La jeune femme se lève, ouvre la fenêtre en grand pour libérer l'insecte qui s'évade. Comme le fait Élisabeth, se dit-elle. L'écriture, pour elle, est une ouverture et sera le dénouement. Julie s'appuie sur la rambarde. La jeune femme a toujours apprécié la vue qu'elle avait d'ici. Rien de grandiose ni d'extraordinaire : la fenêtre donne sur un champ labouré qui appartient au voisin. Mais pour elle, c'est un paysage magnifique et puissant, propice à la rêverie. D'aucuns auraient préféré embrasser l'océan, se laisser bercer, le soir venu, au rythme du ressac, ou regarder dans la nuit les rayons de la lune se refléter dans une eau d'encre. Elle, non. Elle n'est pas friande de cartes postales, elle aime la terre comme on aime une mère. Elle la respecte infiniment. Assez pour ne pas craindre le moment proche, très proche, où elle accueillera Élisabeth en son sein.

« Dis-moi, s'exclame Élisabeth, c'étaient vraiment tous des salauds, les gens qui se prétendaient mes amis !

– Pardon ?

– Tous ces gens qui venaient s'empiffrer à ma table, qui venaient parader, puis qui m'ont lâchée quand j'allais mal… Tous des salauds ! »

Julie referme la fenêtre avant que ne s'engouffre une bourrasque humide et retourne s'asseoir auprès d'Élisabeth.

« Je ne veux pas perdre du temps à écrire sur eux. Ils ne m'intéressent pas. M'ont-ils jamais intéressée, d'ailleurs ? Et Rodolphe, qu'est-ce qu'il en pensait, lui ? Est-ce qu'il aimait ces soirées ?

– Au début, oui. Et puis un jour, il a cessé de les aimer.

– Pourquoi ?

– Je pense qu'il s'en est lassé, et sans doute avait-il plus de discernement que toi. Lui voyait clair dans le jeu des autres ; toi, tu ne voulais pas ouvrir les yeux. Tu avais du nez pour les parfums mais pas pour les gens. Tu plaisais à tout le monde, donc tout le monde te plaisait…

– Tu es gentille d'embellir le tableau, mais je crois plutôt que je devais avoir un ego surdimensionné ! J'imagine que je me complaisais dans ce rôle de parfaite maîtresse de maison. C'est troublant parce que je ne me reconnais pas dans ce portrait-là. J'ai l'impression que cette Élisabeth n'existe pas, que c'est une étrangère, que je n'ai rien à voir avec elle.

– À chaque période son plaisir, maman. C'est une histoire banale, universelle : les gens changent.

– Et toi ? Que pensais-tu de moi, à cette époque ? Est-ce que tu étais fière de moi ? Pourquoi ne me dis-tu jamais ce que tu ressentais ? J'ai le sentiment que tu te tiens à l'écart, que tu te mets volontairement en retrait de cette période. Que pensais-tu de ton père, de nous ?

– Tu sais, j'étais jeune, j'avais ma vie, mes amis. Je ne me sentais pas concernée par cette existence. Sur le moment, ça m'éblouissait, mais le lendemain, tout s'était évanoui. Comme dans un rêve d'adolescente. En fait, je me demandais si c'était ça, la vie : vider des coupes de champagne, rire un peu trop fort, un peu faux, exhiber ses bijoux, se faire mousser, inventer... Mais en même temps, je comprends qu'on puisse désirer tout cela et même le réclamer. Je comprends qu'on ait envie d'embellir la réalité, quitte parfois à mentir.

– Et Clotilde, elle venait à ces soirées ?

– Oui, mais surtout pour te voir, toi. Ce n'était pas son monde, son milieu. Clotilde est issue d'une famille modeste, peu habituée aux faux-semblants, aux rapports hypocrites. C'est quelqu'un de profondément intègre, un tantinet ennuyeux, du coup. Elle manque un peu de folie, de fantaisie. C'est bien pour cette raison qu'elle a épousé Pablo, qui est devenu DRH dans un consortium argentin.

– Et notre amitié a résisté au temps.

– Oui, vous vous aimez toujours profondément. Elle a toujours été à tes côtés, elle a toujours pris ton parti. Elle ne te laissait jamais tomber, jamais, même dans l'adversité. Et réciproquement, elle a pris confiance en elle, parce qu'elle en manquait. Elle était timide, mal assurée, elle était fagotée comme l'as de pique. Elle appréciait les belles choses, mais n'envisageait pas une seconde de les posséder, de les porter. Elle considérait qu'elle n'y avait pas droit. Toi, tu as su la révéler, la réveiller, aussi. Pour ses vingt-cinq ans, tu lui as offert son premier beau sac. Une merveille qu'elle utilise toujours. Elle a mis six mois avant d'oser sortir avec. »

Élisabeth sourit tendrement.

« Six mois ? Mais c'est idiot !

– Oui, personne avant toi ne lui avait dit qu'elle était belle, féminine et gracieuse. Qu'elle méritait le meilleur et qu'elle l'obtiendrait. Juste pour ces mots-là, elle aurait tout fait pour toi : bravé tous les périls, décroché les étoiles, et même mettre son couple en péril.

– Ah bon ? Pourquoi ?

– Parce que entre Pablo et toi, elle a choisi.

– Choisi quoi ? Que veux-tu dire ? Explique-toi !

– Pablo ne t'a pas toujours donné raison. C'est un type bourré de principes.

– Mais de quoi parles-tu, à la fin ?

– De rien de précis. Laisse tomber, maman !

– Allez, je vois bien que tu me caches quelque chose. C'est ma vie, nom de Dieu ! Tu ne dois pas me dissimuler le moindre fragment de ma vie. Tu dois tout me restituer. C'est de moi qu'il s'agit. Je t'écoute. »

Élisabeth croise les doigts sous son menton et fixe Julie, prête à tout entendre. Le cahier est ouvert devant elle, le stylo posé sur les dernières lignes. Je n'ai pas le choix, pense Julie. Impossible d'y échapper. Je l'ai bien cherché, après tout ! On ne peut pas cueillir de roses sans se piquer à leurs épines.

Julie se cale dans le fauteuil en cuir, tortille une mèche de cheveux entre ses doigts. Comment m'y prendre ? se demande-t-elle. De quelle façon commencer ?

« Y a quelqu'un ? hurle soudain une voix au rez-de-chaussée. C'est moi, je suis avec maman ! »

Les deux femmes se regardent, interloquées.

– 5 –

« Non mais ce n'est pas vrai, il est revenu ! dit Julie.

– Qui donc ? demande Élisabeth.

– Guinard, avec sa mère, en plus ! Attends, je m'en occupe ! »

Julie descend l'escalier, irritée par cette intrusion. En bas, elle trouve une petite femme avachie dans le canapé, chaussée de charentaises et affublée d'un tablier de cuisine à carreaux. Visiblement, elle a délaissé ses fourneaux pour venir jusque-là. Sa permanente sur le déclin laisse apparaître des reflets mauves. Elle semble sans âge tant elle est ridée. À côté d'elle, Guinard examine le dessous d'un vide-poches pour en vérifier l'origine, tout en baragouinant des paroles inaudibles.

« Je peux vous aider, monsieur Guinard ? »

Il repose brusquement le vide-poches sur la console et ôte sa casquette de marin. La vieille femme tente de ramasser sa canne tombée à terre, sans y parvenir.

« Aide-moi, Pierrot ! Tu vois bien que je peux pas ! crie-t-elle à son fils sans porter la moindre attention à la maîtresse de maison.

– Vous avez oublié quelque chose ? leur demande Julie.

– Pas du tout, ma p'tite dame, répond Guinard avec sa gouaille habituelle. Quand j'ai raconté à maman que je vous avais retrouvée, elle a laissé tomber son frichti et m'a demandé tout de suite de l'amener ici. Je lui ai parlé des aménagements que vous avez faits ; curieuse comme elle est, elle voulait voir à quoi ça ressemblait, tout ça ! Alors bon, j'ai pensé que vous pourriez lui faire faire le tour du propriétaire. Mais faut surtout pas que ça vous dérange ! »

La vieille femme tente toujours désespérément de saisir sa canne. Son visage rougit sous l'effort. Julie se précipite, la ramasse et la lui tend sèchement.

« Ah, c'est plus comme avant, ici ! s'exclame Mme Guinard en jetant sur les murs, dans les coins, des regards intrusifs. C'était mieux à l'époque ! »

Debout à présent, elle évalue la solidité d'un vase en cristal du bout de sa canne.

« Il n'y avait pas autant de bibelots, de mon temps ! Si vous voulez vous en débarrasser un jour, vous pourrez toujours me les apporter. Ça compensera le tour de cochon que vous m'avez joué quand vous étiez petite.

– Pardon ? demande Julie en écarquillant les yeux.

– Je ne suis pas rancunière, mais j'ai de la mémoire. Je me souviens de ce jour comme si c'était hier.

– Mais de quoi parle-t-elle ? demande, agacée, Julie à Guinard, comme si la vieille dame était soudain devenue invisible.

– De ce jour où vous m'avez accusée à tort.

– Accusée de quoi ?

– D'avoir cassé la soupière de famille qui remontait à Matthieu Salé...

– Elle veut dire Mathusalem, rectifie promptement M. Guinard.

– ... alors que c'était vous qui l'aviez cassée.

– Si je comprends bien, vous venez là, chez moi, dans ma maison, pour me chercher des noises ! s'emporte Julie.

– Calmez-vous, ma p'tite dame ! Faut pas s'énerver pour si peu ! Ça lui faisait plaisir, à maman, de retrouver les lieux où elle a travaillé. Et puis vous savez, elle aimait beaucoup votre papa.

– Ça oui ! Il me racontait toutes vos bêtises. On peut dire que vous lui en avez fait voir de toutes les couleurs, à votre pauvre papa ! »

Julie se retourne au bruit de l'escalier qui grince. Elle voit Élisabeth, se tenant fébrilement à la rampe, descendre les marches à pas de loup.

« Qu'est-ce qui se passe ? Pourquoi ces cris ? demande-t-elle. Ah, monsieur Guinard, vous ici !

Bonjour Madame, ajoute-t-elle en saluant la mère de Guinard d'un petit hochement de la tête.

– Ce n'est rien, maman. On discutait. »

À ces mots, la vieille femme se fige. Elle blêmit. Elle regarde son fils d'un air inquiet, fronce le museau. Un silence épais, presque palpable, envahit soudain l'espace.

« Vous voulez boire quelque chose ? », demande Élisabeth pour détendre l'atmosphère.

Elle sent, sans en comprendre les causes, qu'un malaise s'est installé. Julie fixe le visage de Mme Guinard dont l'expression a subitement changé. Elle aimerait bien savoir ce qu'elle a dans la tête et à quoi elle pense en cet instant précis.

« C'est pas de refus ! répond joyeusement Pierrot. Un p'tit pineau blanc serait le bienvenu, hein maman ?

– Non, viens, on y va ! On rentre, dit sa mère d'un ton sans appel.

– Et le tour du proprio ? insiste Guinard, déçu de ne pas se rincer le gosier.

– Une autre fois. Allons-nous-en, je te dis ! ordonne sa mère en tournant les talons.

– Bon, bon… à la revoyure, Mesdames ! », bredouille Guinard, triturant sa casquette, en suivant sa mère qui a retrouvé une deuxième jeunesse et se carapate vers le portail.

Julie détourne les yeux, n'esquisse pas un mouvement pour les raccompagner. La porte claque derrière eux.

« Quels gens bizarres ! clame Élisabeth, ahurie par tant d'impolitesse. Je n'ai rien compris, et toi ? »

Mais Julie a déjà déserté la pièce. Elle s'affaire dans la cuisine et a poussé le volume de la radio au maximum. Les notes du concerto pour piano en la mineur d'Edvard Grieg se mêlent au bruit des casseroles et des poêles. Élisabeth la trouve près de la gazinière, les yeux fermés, emportée par la musique.

« Vraiment bizarres, hein ? », insiste-t-elle en haussant la voix.

Julie garde les paupières closes, elle aimerait pouvoir gagner du temps.

« Bizarres, oui. À n'y rien comprendre, répond-elle en baissant le son de la radio.

– Lui est sans-gêne et elle, sa mère… elle a déguerpi comme si elle avait vu un fantôme.

– Tu as remarqué cette tache de naissance qu'elle a sur la joue gauche ?

– En forme de…

– En forme de bite, n'ayons pas peur des mots. »

Toutes deux éclatent de rire. Élisabeth de bon cœur, Julie par nervosité.

« Je sais que j'ai toujours préféré être une femme, dit Élisabeth. Il me semble que j'aurais détesté avoir ce truc qui pend entre les jambes.

– C'est ce que tu crois. La majorité des hommes en tirent au contraire une grande fierté.

– Ce n'est pourtant pas bien beau !

– Oui, mais l'usage qu'ils en font est, ma foi, très agréable.

– Pardonne-moi de te poser cette question, mais…

– Mais quoi ?

– Crois-tu que j'étais, comme on dit, "portée sur la chose" ?

– Je ne connais pas ta vie sexuelle dans ses moindres détails mais, en tout cas, tu n'as jamais fait vœu de chasteté…

– Et toi, où en es-tu de ce côté-là ?

– J'ai eu des amants, quelques compagnons. Certains n'ont fait que passer, d'autres se sont attardés davantage, mais un seul m'a fait perdre la tête. À en devenir dingue.

– C'était qui ?

– Il s'appelait Alexandre. Il avait toutes les qualités, sauf une.

– Laquelle ?

– Il était marié. Mais je crois qu'il m'a aimée, aussi. Un temps.

– Car bien sûr, il n'est jamais allé au bout de ses promesses ?

Les vibrations graves des violons répondent aux joyeux arpèges du piano. Julie a une petite moue sage, tandis que les notes du concerto s'emballent dans de longues phrases tourmentées.

– Ce n'est pas qu'il ne voulait pas ; il ne pouvait pas, maman. Il avait des obligations familiales.

– Ouais, tu parles ! persifle Élisabeth, tous les mêmes !

– Non, justement. Il n'était pas comme les autres. Tu ne sais pas, toi, comment il était avec moi : comment il me regardait, les mots qu'il me murmurait dans le creux de l'oreille, les preuves qu'il m'a données.

– Ah oui ? Et lesquelles ?

– Lesquelles ? Eh bien par exemple quand il est venu me retrouver à New York pour une nuit, une nuit seulement ; juste pour avoir le bonheur de me serrer dans ses bras. Quand il a parcouru huit cents kilomètres dans un train bondé pour me rejoindre dans le Midi, le temps d'une étreinte. Et toutes les folies qu'il faisait pour moi, alors qu'il n'en avait pas réellement les moyens. Il avait privatisé la plage de cet hôtel en Corse où il m'avait emmenée afin qu'on soit tranquilles, seuls tous les deux, comme deux stars traquées par les paparazzi.

– Oui, il avait très envie de toi, rétorque Élisabeth d'un ton dédaigneux, mais pas de partager sa vie avec toi.

– Je te défends de parler de nous comme ça ! s'emporte Julie.

– Tu es bien naïve, ma petite fille ! Il t'a embobinée, voilà tout ! S'il t'avait aimée aussi fort que tu le prétends, il aurait quitté sa femme pour toi.

– C'est plus facile à dire qu'à faire !

– Ah bon ? Et pourquoi ? Quand on aime à ce point, rien n'est impossible. Tu as été sa maîtresse, rien d'autre !

– Non, ce n'est pas vrai ! J'ai été bien plus que ça ! Simplement, on ne s'est pas rencontrés au bon moment. »

Julie sent la colère monter en elle et les larmes perler à ses yeux. Une révolte mêlée d'indignation.

« Et pourtant si ! Tu n'as pas été autre chose qu'un bon coup ! Sinon, encore une fois, il aurait tenu ses promesses.

– Ah oui ? Parce que toi, tu les as tenues, tes promesses ? Tu l'as quittée, ta famille ? »

Élisabeth, médusée, dévisage Julie sans comprendre.

« Qu'est-ce que j'ai à voir là-dedans ? demande-t-elle. Quel rapport avec moi ?

– Tu as vécu la même expérience, le même amour, et toi aussi, tu as fait ton choix : celui de rester auprès de ton mari, de tes enfants. Et crois-moi, tu étais déchirée, comme coupée en deux. »

Julie détourne le regard. Les mots lui ont échappé. Élisabeth prend appui sur une chaise en rotin. Elle a les jambes en coton, un voile devant les yeux. Son cœur bat la chamade. Elle se laisse tomber sur le siège. Julie éteint la radio sur les dernières notes apaisées du concerto, fait couler de l'eau fraîche au robinet, lui apporte un verre plein, la regarde un moment avant de s'asseoir à son tour près d'elle. La colère s'est dissipée, elle a laissé place à une tristesse diffuse ; la nostalgie l'étreint toujours. Elle sait qu'elle n'en a pas fini. Elle aimerait tant pouvoir l'oublier, oublier cette histoire, le mal qu'elle continue de lui faire comme un poison instillé dans les veines. Quel bonheur, si elle savait ! pense Julie en observant Élisabeth assommée par ce qu'elle pressent. Quelle chance elle a de ne plus se souvenir des moments douloureux ! Je donnerais cher pour être délestée de ce poids et vivre légère.

« J'ai donc trompé Rodolphe ? demande Élisabeth en murmurant, comme si elle se parlait à elle-même.

– Tu ne pouvais pas faire autrement, toi non plus. C'est une tempête qui vous a emportés tous les deux, qui a tout balayé sur son passage, à laquelle rien ni personne n'aurait pu résister. Vous vous aimiez passionnément. C'était lui, l'amour de ta vie. Et toi, sa seule passion, sache-le.

– Et de tout cela, il ne reste rien non plus, constate Élisabeth avec désolation. Pas un geste, pas un regard, ou une émotion. Ni le son de sa voix, ni la couleur de ses yeux, ni la tendresse d'une caresse. Rien. Tu me parles là de deux étrangers. Comment s'appelait-il ?

– Marc Bennolch.

– C'est joli, ça sonne bien. Allez, dis-moi tout. Je veux tout apprendre, tout découvrir, comme si je le rencontrais aujourd'hui, comme si je venais de faire sa connaissance. Comment était-il physiquement ? Décris-le-moi.

– D'après ce que tu m'en as dit, ce n'était pas un apollon, mais il avait un charme fou et une petite coquetterie dans l'œil qui te faisait chavirer. Il avait surtout, paraît-il, une voix grave, envoûtante, et une cicatrice sur la joue droite qui creusait une fossette à chaque fois qu'il souriait. Un sourire éblouissant. Que veux-tu savoir encore ? Que dès qu'il t'effleurait tu vacillais ? Que dès qu'il murmurait à ton oreille, tu fondais comme un sucre dans une tasse ? C'était une histoire de peau, et contre cela il n'y a rien à faire ; mais ce n'était pas uniquement cela. »

Élisabeth s'entoure de ses bras comme si elle cherchait dans ce geste à s'envelopper de l'étreinte de Marc. Ce prénom seul la renverse. Par-delà l'oubli, la maladie, par-delà les années écoulées, le désir pour cet homme revient, intact. Ressuscité.

« Qui était-il ? Quels étaient sa vie, son métier ? Comment l'ai-je rencontré ? »

Les questions affluent, les mots se bousculent, des sensations perdues resurgissent dans ce corps qu'elle croyait, lui aussi, promis à l'abandon, et qui s'étiolait depuis tant d'années. Le voilà qui retrouve une ardeur nouvelle, qui se revigore. Ses joues rosissent, son teint s'éclaire, ses yeux pétillent. Elle désire. De tout son être, de toute son âme, elle désire.

Elle a rajeuni d'un coup, se dit Julie en la contemplant.

« Tu l'as rencontré lors d'une de tes fameuses réceptions. Il accompagnait Brigitte, une de tes collaboratrices que tu invitais pour la première fois. Il était perdu parmi tous les convives ; tu n'as prêté aucune attention à lui jusqu'à ce qu'il renverse un verre de champagne sur le canapé en velours du salon. Sa maladresse t'a amusée et sa voix, quand il a balbutié quelques excuses, t'a complètement chamboulée. Lui a eu un coup de foudre pour toi dès les premières secondes mais cela, il te l'a avoué bien plus tard. Durant toute la soirée, vous vous êtes cherché du regard ; vos mains s'effleuraient, vous vous adressiez des sourires complices. Tu n'as jamais été aussi proche de Brigitte que ce soir-là. Marc a tout fait pour te revoir. Te savoir mariée avec des enfants n'a rien empêché.

– N'a rien empêché… pour lui ! Mais moi, est-ce que j'ai succombé tout de suite ?

– Tout de suite, non. Tu as essayé de résister quelques jours, mais tu savais pertinemment…

– Un moment ! dit Élisabeth en interrompant Julie d'un geste de la main. Garde la fin de ta phrase et tout le reste bien au chaud. Les histoires d'amour s'envolent si on ne les retient pas par écrit. Accorde-moi cinq minutes, je vais chercher mon cahier. »

Élisabeth se lève d'un bond, s'éclipse comme si elle était dans l'urgence et craignait que les mots s'évaporent sitôt prononcés. De toute cette histoire avec Marc, elle ne perdra pas une poussière. Elle sourit en montant les marches. Cette maladie n'est pas que du malheur, songe-t-elle. L'oubli la rend de nouveau amoureuse, exaltée, sensuelle. Grâce à lui, elle a la chance de revivre à son âge l'amour de sa vie. Pas une amourette, pas une aventure d'un soir d'été. Non, la belle histoire, la vraie, la grande : celle qui bouleverse, qui vous marque au plus profond de votre chair. Celle qui vous brûle puis vous laisse transi.

Élisabeth récupère son cahier sur le bureau, croise son reflet en passant devant la glace de l'armoire, s'arrête, se contemple. Le regard qu'elle porte sur elle-même a changé. Elle se voit différente. La dame un peu terne, un peu fanée, s'est évanouie comme par magie. À sa place se tient une femme épanouie, belle encore, au teint frais, aux courbes voluptueuses. Elle ôte son gilet noir, le pose sur le dossier d'une chaise, déboutonne le col de son chemisier blanc pour que se devine la naissance des seins. Il faut que je sois ravissante, j'ai rendez-vous avec Marc, pense-t-elle, je vais changer de vêtements. Cette jupe est affreuse et ce chemisier d'une autre époque ! Elle ouvre la porte de la penderie, passe les cintres en revue. Rien ne lui plaît, rien n'est assez joli à son goût. Excepté cette petite robe d'été vert émeraude à manches courtes, resserrée à la taille, boutonnée sur le devant. Elle s'en empare et, de crainte de la froisser, la dépose délicatement sur le dessus-de-lit, fait glisser la fermeture Éclair de sa jupe qui tombe au sol et l'encercle. Elle l'envoie valser de la pointe du pied, comme pour chasser l'image de la femme qu'elle est devenue et qui ne lui correspond plus, dégrafe son soutien-gorge et se détaille dans le miroir. Certes, ni son corps ni son allure ne sont ceux d'une jeune fille. Ses seins trop lourds n'ont plus la fermeté de ses trente ans, sa peau est relâchée par endroits et son ventre qui a connu la maternité accuse toujours quelques rondeurs, mais son maintien reste superbe, sa taille bien dessinée et ses épaules appétissantes attireraient encore les lèvres de nombreux hommes. Élisabeth frissonne, caresse ses bras nus, retire la barrette qui retient ses cheveux en un chignon trop strict pour les laisser, libres, effleurer sa peau. Elle se trouve encore très séduisante pour son âge, capable de faire tourner bien des têtes ! Et pourquoi les peaux un peu abîmées, marquées par le temps et la vie, ne seraient-elles pas aussi attrayantes que les peaux lisses et sans histoire des jeunes gens de vingt ans ? se demande-t-elle. Qui décrète qu'arrivé à l'automne de sa vie on ne peut plus charmer ni plaire ? Moi je trouve que les corps qui ont vécu sont plus émouvants que les corps juvéniles, et que les bras qui ont déjà tenu et enlacé d'autres corps sont la promesse d'étreintes plus bouleversantes.

Elle enfile sa robe, ôte ses ballerines pour éprouver la fraîcheur des tomettes sous la plante de ses pieds. Elle a des envies soudaines de coquetterie : de se vernir les ongles, de laisser couler quelques gouttes de parfum derrière ses oreilles, d'y accrocher des perles pour qu'elles tremblent et s'affolent à chacun de ses mouvements. Elle a envie de plaire à nouveau. Elle oublie tout alors : tout de la maladie, de la fin programmée, de la mort, de la dépouille bientôt incinérée, de ses cendres dispersées dans l'océan. L'espace de cet instant, elle oublie tout. Y compris le temps qu'elle passe perdue en elle-même.

« Maman, qu'est-ce que tu fabriques ? lui crie Julie qui perd patience.

– Encore cinq minutes ! », répond Élisabeth.

– 6 –

Julie enflamme une allumette, dépose une casserole d'eau sur le brûleur de la gazinière, enfile un tablier accroché à un clou, le noue à sa taille. Je vais lui cuisiner des spaghettis aux coquilles Saint-Jacques, accompagnés d'un bon jurançon, se dit-elle. Un déjeuner de fête : comme ceux que je concoctais pour Alexandre quand il venait me rejoindre. Cela dit, on s'en fichait pas mal ! Une simple assiette de charcuterie sur un coin de table nous réjouissait tout autant ! Ce qui comptait, c'était lui et moi ; qu'on soit ensemble, tout le reste était superflu. Au fond de moi, j'ai toujours su qu'il ne quitterait jamais sa femme, même s'il me répétait que j'étais son amour, le seul, l'unique. Son âme sœur. On s'est connus trop tard, voilà tout, et c'est peut-être mieux ainsi. Si nous avions pu partager un quotidien, où en serions-nous aujourd'hui ? La magie se serait estompée, le désir émoussé. Il aurait cessé de m'offrir des fleurs, des cadeaux, de m'emmener en voyage. Il aurait, peu à peu, cessé de me regarder. Une triste tendresse aurait remplacé la fièvre des débuts. Nous serions devenus un couple ordinaire comme tant d'autres qui se contentent de partager un espace dans l'indifférence la plus absolue, comme tous ces gens qui n'attendent plus rien de leur conjoint. Oui, vraiment, c'est bien mieux ainsi. Notre couple survivra au temps qui passe et qui détruit tout, jusqu'aux sentiments les plus puissants.

Bien sûr, j'aurais souhaité plus, j'ai souffert plus d'une fois de ne pas me réveiller dans ses bras, de ne pas pouvoir lui prendre la main ni l'embrasser dans les rues de Paris, de laisser cramer notre dîner aux chandelles parce qu'il m'annonçait, au dernier moment, que son fils était malade et qu'il devait rester auprès de lui. Mais au moins j'ai vibré, j'ai vécu des instants si rares, si précieux que je ne regrette rien. On s'est aimés comme peu de personnes savent s'aimer. Avec générosité, avec le sens du sacrifice. Et lorsque j'ai lu sa lettre m'annonçant sa décision de me quitter, je ne suis pas parvenue à le détester. J'ai compris qu'il ne pouvait pas agir autrement ; j'ai respecté son choix. Nous ne nous sommes plus jamais revus depuis. Une fois, une seule, j'ai tenté de le recontacter. Il n'a pas donné suite. J'ai appris qu'il avait déménagé. J'ai perdu sa trace. Définitivement.

L'eau frémit dans la casserole. Julie essuie sur ses joues les larmes qui coulent toutes seules. Elle ne s'est pas rendu compte qu'elle pleurait. Quelle conne ! se dit-elle. Arrête de te bercer d'illusions, de te mentir à toi-même ! Bien sûr, pauvre idiote, que tu aurais préféré qu'il reste et vieillir avec lui ! Bien sûr, imbécile, que tu n'attendais que ça ! Son départ t'a laissée en miettes, tu as failli en crever ! Regarde-toi maintenant, à pleurer sans lui, pour lui ! Tu n'as été qu'une maîtresse, parmi d'autres peut-être. Il a tourné la page aussi vite qu'il avait ouvert le livre et toi, tu es là, à lui trouver des excuses et te chercher des consolations qui ne tiennent pas la route !

La jeune femme jette une poignée de spaghettis dans l'eau bouillante, y ajoute du sel, touille avec une cuillère en bois, surveille les coquilles Saint-Jacques qui dorent dans la poêle. Elle ouvre la bouteille de jurançon, s'en verse un fond de verre. Rien que pour goûter, me remonter le moral, se dit-elle en l'avalant d'un trait. Fameux ! juge-t-elle, en remplissant son verre en entier.

« Tu viens prendre l'apéritif avec moi, maman ? », crie-t-elle à l'adresse d'Élisabeth.

Julie l'entend qui marche à l'étage comme on capte les échos d'un passé lointain. Elle viendra mais seulement quand elle sera prête, pense-t-elle. Laissons-la tranquille un moment. Elle est dans son histoire, moi dans la mienne ; les deux se rejoindront bien assez tôt.

Si Julie avait des intentions précises en emmenant Élisabeth sur l'île, jamais, en revanche, elle n'aurait soupçonné que cela lui ferait tant de bien ! Ces instants partagés en sa compagnie ne sont pas seulement du baume sur une plaie ouverte, mais plus encore : la vie qui revient. Une main sur son épaule la fait sursauter. Elle se retourne : Élisabeth se tient devant elle, radieuse dans sa robe vert émeraude, son cahier à la main.

« Tu es magnifique ! s'exclame Julie en prenant un peu de recul pour mieux la contempler.

– Tu as les yeux tout brillants. Qu'est-ce que tu as ? Tu as pleuré ?

– Non, ce n'est rien, répond Julie en balayant l'air d'un geste large. Juste un peu de fatigue. Et puis les souvenirs remontent à la surface.

Contrairement à toi, je préférerais que certains restent enfouis.

– C'est que tu ne connais pas le malheur d'avoir tout oublié. Cette sensation d'être toujours en perdition, sans cesse à la recherche de repères et de soi-même. Si tu savais ce que j'éprouve, ma chérie, tu ne dirais pas ces mots-là. Et moi, je retire les miens.

– Lesquels ?

– Ceux de tout à l'heure, que j'ai prononcés un peu trop vite. Au sujet de ton histoire d'amour avec Alexandre. J'ai été violente et maladroite. Ce n'est pas à moi d'en juger.

– C'est oublié, parlons d'autre chose. De cette robe que tu portes, par exemple. Elle aussi fait partie de ton histoire. Mais assieds-toi. Je t'ai préparé un bon petit plat, tu vas adorer ! »

Julie présente à Élisabeth une pleine assiette sur laquelle elle a disposé un brin de basilic. Elle lui tend un verre de vin, saisit le sien.

« À nous, maman ! », dit-elle en trinquant.

De nouveau, la joie s'installe. La présence d'Élisabeth rend la vie légère, agréable et douce. C'est terrible ce qu'a raté Matthieu ! songe Julie en enroulant ses spaghettis autour de sa fourchette. C'est maintenant, au crépuscule de sa vie, qu'elle rayonne le plus !

« Est-ce moi qui t'ai appris à cuisiner ainsi ? C'est vraiment délicieux !

– Non, tu n'avais pas la patience d'enseigner quoi que ce soit à qui que ce soit, mais c'est en te regardant faire que j'ai su m'y prendre. Comme toi, j'ai compris que cuisiner était un acte généreux, qui séduisait les convives. Les hommes en particulier. Tu m'as toujours répété que pour garder un homme, il fallait être bonne maîtresse et bonne maîtresse de maison, c'était ton credo.

– C'est aussi pour cette raison que Marc avait été séduit ?

– Entre autres, oui. »

Julie adresse un clin d'œil complice à Élisabeth, que celle-ci accueille avec un grand sourire.

« Et alors, au sujet de cette robe… ?

– Ce vert émeraude était la couleur préférée de Marc. Quelques semaines après votre rencontre, il t'a offert cette robe enveloppée dans un papier de soie. Il aimait tellement que tu la mettes ! Et toi, tu aimais tant qu'il te couve du regard que tu ne te lassais pas de la porter. Tant et si bien que tu l'as usée jusqu'à la trame. Par deux fois, tu as donné le modèle à refaire à une couturière sans jamais, pourtant, te séparer de l'originale, qui est devenue plus élimée qu'un chiffon à poussière. »

Élisabeth interrompt son repas pour recommencer à écrire. Julie, du coup, parle avec lenteur, comme une institutrice à son élève, pour qu'elle ait le temps de tout ressentir, de tout noter, de reprendre possession de sa vie. Elle en est consciente : ce rôle la ravit et l'effraie en même temps. Elle est la narratrice, la dépositaire de l'existence d'Élisabeth qui s'en remet entièrement à elle.

« Tu en veux encore, ou je peux débarrasser ? demande-t-elle en saisissant l'assiette d'Élisabeth.

– Non, c'est bon, je n'ai plus faim », répond celle-ci sans lever la tête de son cahier.

Julie dépose les assiettes dans l'évier, s'empare de la corbeille de fruits qu'elle place au centre de la table. Élisabeth n'y prête aucune attention, happée par ses travaux d'écriture. Elle a fait le vide autour d'elle, se dit Julie. Elle n'a pas besoin de moi. Peut-être, en m'écoutant lui raconter cette vie, va-t-elle s'éloigner de moi chaque jour davantage, mais que faire d'autre sinon souhaiter qu'elle parte comblée ? Après tout, nous sommes ici pour cela.

Afin de chasser ces idées, la jeune femme tourne le bouton de la radio, choisit une station qui diffuse des standards des années 1970. Puis elle enfile ses gants de vaisselle, agite, pour la faire mousser davantage, l'eau chaude qui coule dans l'évier sur des bulles savonneuses. Depuis toujours, elle aime la propreté, l'ordre. Son père s'amusait de sa maniaquerie. « On pourrait manger par terre », disait-il, lui qui ne s'embarrassait pas de tous ces détails. À l'adolescence, ce trait de caractère s'était transformé en véritable obsession et n'avait pas manqué d'inquiéter son entourage.

Julie arrête l'eau qui menace de déborder, s'amuse comme à huit ans de voir s'envoler les bulles de savon qui éclatent, entreprend de frotter la poêle à la paille de fer. Cette activité stupide la détend. Elle pourrait la faire durer longtemps. Comme lorsqu'elle s'amollit dans son bain : elle ne se résout à en sortir que lorsque l'eau est froide, et sa peau plus fripée que celle d'une vieille femme.

« Mets plus fort, s'il te plaît, demande Élisabeth.

– Pardon ?

– La radio, monte le son ! »

Julie obéit et le morceau de Scorpions *Still Loving You* résonne dans la cuisine. Élisabeth, bouche bée, a cessé d'écrire. Elle semble habitée, comme possédée.

« On danse… il fait chaud, raconte-t-elle, comme en transe. Je porte cette robe, c'est vrai, c'est la nuit ; il n'y a que lui et moi, serrés l'un contre l'autre. Cette chanson, cette musique… Je vois son visage… là… dit-elle en écartant ses doigts devant ses yeux. C'est Marc, il n'y a aucun doute, c'est lui.

– Vous êtes où ? lui demande Julie. De quoi te souviens-tu encore ?

– C'est très fugace… une sorte de flash. Déjà, il a disparu mais… mon Dieu, qu'il était séduisant ! Et cet amour… cet amour qui déborde… c'est Marc, c'est évident, ça ne peut être que lui.

– Essaie un peu de…

– Non, il n'y a rien d'autre que nous deux, seuls au monde. Lui et moi, vêtue de cette robe, et ses mains sur ma peau. Je ne me souvenais plus à quel point c'est bon, les mains d'un homme sur la peau. Je donnerais ce que j'ai de plus cher au monde pour revivre cet instant contre lui. »

Julie retire ses gants de vaisselle, baisse le son de la radio, revient s'asseoir près d'Élisabeth.

« Qu'est-ce qui est le plus précieux au monde pour toi, maman ?

– Toi, bien sûr… c'est tout au moins ce que je devrais te répondre. Mais ce lien de mère à fille, on me l'a enlevé aussi, et tu n'es ma fille que parce que tu me le dis et que je te crois, mais sinon… Matthieu est mort. Que reste-t-il à part des lignes dans ce cahier qui contient tout ce que je suis et qui s'évanouirait si je le perdais ? Alors, oui, ce que j'ai de plus cher au monde, ce sont ces pages, ma mémoire.

– Tu comprends combien vous vous êtes aimés, maintenant, Marc et toi ?

– Oui, c'est la première fois que j'éprouve un tel sentiment et que je revois un visage aussi précisément. Jusque dans ses moindres détails, jusqu'à cette fossette adorable qui creusait sa joue lorsqu'il me souriait, cette barbe naissante qui me chatouillait la peau, son souffle dans mon cou qui me faisait chavirer. Je voudrais tant me souvenir de sa voix, de son odeur…

– Maman, tu sais, tu ne m'as jamais demandé ce qu'il est devenu, s'il est toujours vivant, s'il est mort. »

Élisabeth secoue la tête en silence.

« Non, répond-elle. Je préfère ne pas le savoir. L'imaginer vivant et loin de moi m'est plus douloureux encore que de le savoir mort et enterré.

– Tu as sans doute raison. Je trouve qu'il faut être très amoureux pour rester dans l'incertitude. »

Élisabeth sourit, grappille quelques grains de muscat. Elle cherche des yeux une coupelle, un cendrier, pour y déposer les pépins. Son regard balaye la pièce et se pose sur un vieux coucou détraqué accroché au mur. Il ne fonctionne plus, mais il donne un charme particulier au décor, songe-t-elle, un côté désuet qui l'attendrit et qui dissuaderait le plus insensible de le jeter.

« Tu penses que tu en auras d'autres ? demande Julie.

– De quoi parles-tu ?

– De souvenirs aussi forts, aussi précis que celui-ci ?

– J'espère que ce ne sera pas le dernier, mais j'en doute. La décrépitude est arrivée si vite et le corps médical est si pessimiste que je ne veux pas attendre de n'être plus qu'une poupée de chiffon. Toi et moi, nous savons pertinemment pourquoi nous sommes ici, n'est-ce pas ? Mais plutôt que de nous apitoyer sur nous-mêmes, prenons plaisir à célébrer la vie. »

Ou ce qu'il en reste, pense Julie, car les jours sont comptés.

« Profitons du beau temps qui revient, propose-t-elle en regardant un rayon de soleil frapper la corbeille de fruits.

– Oui, j'ai très envie de faire un peu de vélo. J'en ai vu deux dans le chai, un peu rouillés peut-être, mais qui feront l'affaire. Allons jusqu'à la place du marché, on prendra un café en terrasse, tu veux bien ? »

Julie rechigne ; cette proposition ne l'enchante guère.

« Tu ne préférerais pas qu'on évite le monde ? Les Guinard m'ont un peu agacée, je t'avoue. Je préférerais me promener tranquillement en forêt.

– En forêt, répète Élisabeth en faisant la moue comme une gamine capricieuse. Pour y voir trois lapins et cueillir des mûres ? Non, vraiment, j'ai envie de m'asseoir au soleil, de profiter de la vie du village, des rires des enfants, de l'agitation ambiante. »

Julie comprend que s'opposer à ce désir ne servira à rien. Tant qu'elles éviteront les mauvaises rencontres, tout ira bien.

« Bon, tu as gagné, cède-t-elle en constatant qu'Élisabeth a déjà enfilé un gilet bleu marine. Allons tout de même voir l'état des vélos, suggère-t-elle, dans l'espoir ultime de la décourager.

– Peu importe, s'ils sont trop abîmés, nous irons à pied », lance Élisabeth pleine d'énergie.

Ils sont en état de marche, constate Julie, contrariée. À peine dégonflés et trop peu rouillés pour ne pas rouler.

« Je prends celui-là, déclare Élisabeth en enfourchant le plus rutilant. Allez suis-moi, ne traîne donc pas ainsi ! »

De bonne grâce, Julie empoigne le guidon du vélo restant et s'aperçoit très vite qu'Élisabeth a eu l'œil. En effet, la selle est bringuebalante, les freins semblent morts et la chaîne ne supportera sans doute pas un aller-retour.

– 7 –

Le ciel lumineux, baigné de soleil, se confond avec les champs de colza et de tournesols dont l'or s'étale à perte de vue. Julie et Élisabeth pédalent à petite allure depuis quelques minutes quand celle-ci décide de faire une pause.

« On s'arrête un peu ? crie-t-elle à Julie qui s'éloigne. Je n'en peux plus. Le vent est contre nous, il s'acharne. J'appuie de toutes mes forces sur les pédales, mais je fais du sur-place. Laisse-moi le temps de récupérer. »

Julie acquiesce et s'arrête net. Élisabeth est en nage, les joues rougies par l'effort, le front moite.

« Asseyons-nous là, propose la jeune femme en désignant une étendue d'herbe en bordure de champ, soufflons un peu. »

Au loin, les marais salants scintillent dans la lumière de cet après-midi d'été. L'odeur puissante de la marée parvient jusqu'à elles. Julie respire à pleins poumons cet air vivifiant. Élisabeth reste silencieuse.

« Maman, tu ne veux pas venir t'asseoir avec moi ? »

Tenant son vélo d'une main, Élisabeth ne répond pas. Figée, muette, elle s'absorbe dans la contemplation du champ qui s'étend devant elle. Julie se relève, s'empare de son vélo ; elle remarque sur son visage son expression à la fois surprise et troublée.

« Où étais-tu, toi ? lui demande Élisabeth à brûle-pourpoint.

– Où j'étais quand ? demande Julie, interloquée.

– Lors de ce pique-nique que nous avons fait avec Rodolphe et Matthieu. Il était encore tout petit… Rodolphe l'avait pris avec lui, sur son porte-bagages. Pourquoi n'étais-tu pas avec nous ? Je ne te vois pas.

– Tu ne me vois pas ? Mais… de quoi parles-tu exactement ?

– De ce moment que nous avons passé ensemble il y a si longtemps. Nous étions arrivés à vélo, comme aujourd'hui, et nous nous étions arrêtés au même endroit.

– Au même endroit ? Impossible !

– Pourquoi, impossible ? Je reconnais le lieu. C'était ici, j'en suis certaine. Je suis sûre d'avoir déjà emprunté ce chemin, de même que je suis sûre que tu n'étais pas présente, ce jour-là. Alors où étais-tu ?

– Mais parce que… je ne sais pas, bredouille Julie, agacée. Tu dois te tromper et moi aussi… enfin, je ne sais plus ! Tu me fatigues à la fin, avec tes questions ! Le passé, c'est le passé. Je suis là avec toi, aujourd'hui, et c'est tout ce qui compte ! »

Julie, déjà, veut repartir. Élisabeth, sidérée, la regarde enfourcher son vélo sans broncher. Elle comprend qu'il vaut mieux se taire et décide de la suivre en silence. Durant le reste du trajet, elles n'échangent pas un seul mot. Les marais salants, semblables à des nappes de mercure, scintillent sous la lumière. Ce paysage ravit Élisabeth qui en oublie aussitôt leur altercation. Dans un chemin en pente, elle part en roue libre et se laisse porter par la vitesse, revigorée par le vent qui fouette son visage. Elle se surprend à sourire toute seule, mais le souvenir de ce pique-nique à trois, sans la présence de Julie, ne cesse de la perturber. Pourquoi me souviendrais-je de quelque chose qui ne serait jamais arrivé ? se demande-t-elle. Je suis sûre que ce souvenir est réel, même s'il s'agissait peut-être d'un autre champ. Pourquoi a-t-elle réagi ainsi ? Pourquoi n'était-elle pas avec nous ce jour-là ? Ces questions la troublent tant qu'elle en oublie, à présent, de pédaler. Elle a perdu Julie de vue et celle-ci ne se soucie plus de savoir si elle la suit. Arrivée en ville, elle l'aperçoit qui l'attend devant la fontaine de la place. Le manège est arrêté à cause du violent orage qui a découragé les clients et forcé le propriétaire à bâcher. Une file d'attente s'est formée devant la boulangerie, d'où s'échappe une bonne odeur de pain chaud. Le Bazar universel se remplit à nouveau de curieux, venus s'approvisionner en matelas pneumatiques, cartes postales et vaisselle en plastique. Le boucher remonte son store métallique, annonçant au tout-venant que la sieste est finie et que le travail reprend.

Élisabeth rejoint Julie ; toutes deux se dirigent vers le café-restaurant Le Jean Bart, déposent leur vélo contre le mur et s'installent en terrasse, dans des fauteuils en rotin, toujours silencieuses. Sur l'auvent bleu s'aligne une série de coquillages grossièrement peints. Le menu du jour, calligraphié au feutre blanc sur les vitres, annonce du cabillaud vapeur. Pour ne pas avoir à parler, Julie se plonge dans la carte des glaces et desserts tandis qu'Élisabeth fait mine de s'intéresser à un massif de fleurs qui agrémente l'entrée de l'office de tourisme. Le malaise entre elles est palpable. Le serveur, venu prendre la commande, rompt le silence devenu trop pesant.

« Qu'est-ce qui leur ferait plaisir à ces demoiselles ? », demande-t-il en adressant un clin d'œil à Élisabeth.

Amusée, celle-ci lance un sourire complice à Julie. La légèreté entre elles semble à nouveau de mise.

« Je vais prendre un sorbet citron-passion, commande Julie.

– Et pour moi, un thé glacé à la pêche, s'il vous plaît », complète Élisabeth.

Le serveur s'éclipse, le plateau sous le bras, et le silence retombe comme un couperet. Julie et Élisabeth évitent de se regarder ; elles ne savent plus comment sortir de cette impasse. Élisabeth observe Julie à la dérobée et constate avec un étonnement mêlé de tristesse que sa fille est comme une étrangère. Ce lien filial, elle s'aperçoit soudain qu'il n'existe pas ; cet élan maternel, elle se rend compte, à cet instant, qu'elle ne l'a pas. Pas envers Julie. Qu'elle ne l'a jamais eu, du plus loin que remontent ses souvenirs. Pour Matthieu, c'est différent. Les flashs au cours desquels il se rappelle à elle, à travers lesquels il se manifeste, l'emplissent d'un amour sans limite. Un amour de mère qui pourrait lui faire accomplir des prodiges. Pour lui, elle pourrait renoncer à tout, sacrifier sa vie ; pour Julie, non, elle n'en serait pas capable. De quoi serais-je capable pour elle ? se demande-t-elle. De pas grand-chose, finalement. Elle souhaite son bonheur, elle a pour elle une tendresse infinie, mais de celles qu'on ressent pour une amie très proche ou une sœur. Pas pour sa propre fille. Quelle mère indigne je suis ! songe-t-elle. Me suis-je toujours comportée ainsi ? Est-il possible qu'une mère puisse avoir une préférence pour l'un de ses enfants ?

Le serveur revient avec la commande ; il dépose le sorbet et la boisson sur la table en se trompant de destinataire.

« Tiens maman, le thé c'est pour toi, dit Julie dans une tentative d'apaisement.

– Merci, chérie, répond Élisabeth avec un franc sourire, surprise d'entendre les mots tendres sortir tout seuls de sa bouche. Que dirais-tu si, ce soir, nous… »

Julie tourne la tête. Guinard, débonnaire, est planté devant elle.

« Encore vous, monsieur Guinard ? Décidément, le monde est minuscule !

– Rassurez-vous, M'dame, je suis pas venu pour vous déranger.

– Vous prendrez bien un verre avec nous ?, propose Élisabeth pour être aimable.

– Non merci, c'est gentil, je vais pas m'attarder, maman m'attend. Je voulais juste m'excuser pour elle.

– L'excuser pour quoi ? demande Élisabeth.

– Ce n'est pas grave, n'en parlons plus ! dit Julie en balayant l'air de la main.

– Quand même, elle exagère… ça ne nous regarde pas, mais enfin… vous savez bien comment sont les vieilles dames, dit-il en jetant un coup d'œil vers Élisabeth. Elles sont très attachées aux choses, aux gens… Moi, je m'en fiche pas mal, vous pouvez bien faire ce que vous voulez avec qui vous voulez. Les affaires de famille, ça ne regarde que la famille, c'est ce que je dis toujours. Du moment que tout est clair entre vous…

– Bien, merci monsieur Guinard. Tout va bien, je vous rassure. À la prochaine… ou pas ! », ajoute-t-elle tout bas dès qu'il a tourné au coin de la rue.

Élisabeth, stupéfaite, dévisage Julie sans comprendre. Elle remue machinalement sa paille dans son verre, en quête d'explications.

« Qu'est-ce qui se passe ? Qu'est-ce qu'il a voulu dire ? bredouille-t-elle.

– Est-ce que je sais, moi, ce qu'il a voulu dire ? répond Julie, agacée. Tu vois bien que c'est un original, alcoolique par-dessus le marché ! Ne fais pas attention à ce qu'il raconte. Qui voit la mère voit le fils, les chiens ne font pas des chats !

– Ah bon ? Moi je n'ai pas eu cette impression. Il m'a l'air plutôt sensé, cet homme. Tout cela est drôlement mystérieux, j'aimerais bien qu'on m'explique.

– Il n'y a rien à expliquer », tranche Julie avant d'attaquer son sorbet.

– 8 –

Le son de la télévision parvient jusqu'à sa chambre. De là, Élisabeth perçoit les coups de feu et les exclamations qui ponctuent la vieille série B que Julie suit dans le salon. Elle jurerait que c'est un épisode d'*Hercule Poirot* ; le comédien qui tenait le rôle principal était extraordinaire, avec sa petite moustache et son air entendu. Après avoir dîné frugalement d'un bout de fromage, d'une salade et d'un yaourt, Élisabeth s'est réfugiée dans sa chambre pour écrire et faire le point. Depuis qu'elle est arrivée sur l'île, tout se décompose et se reconstitue en même temps. Sa mémoire, lui semble-t-il, est plus alerte, plus vivace. C'est sans doute, pense-t-elle, parce qu'elle la fait travailler davantage, avec acharnement, comme si la vérité de sa vie se trouvait là, dans ces réminiscences, là et nulle part ailleurs, et que cette lutte entre ce qui est dit et ce qu'elle sait l'épuisait.

En catimini, afin de ne pas alerter Julie, elle se dirige vers une porte close au fond du couloir. Jamais encore elle n'a eu la curiosité de la franchir. Elle l'ouvre et découvre une chambre presque monacale. Les murs de crépi blanc sont rongés par le salpêtre, la moquette claire est devenue grise, mais la grande baie vitrée qui donne sur un champ de colza et par laquelle on aperçoit, un peu plus loin encore, le clocher de l'église du village, l'éclaire joyeusement. Un lit d'une place, sans doute un lit d'enfant, suppose-t-elle, occupe un pan de mur près d'une table de chevet en chêne, sur laquelle traînent de vieux livres dont les pages se désagrègent. À la droite du lit, une petite porte peinte en jaune attire son attention. Elle la pousse et se trouve devant un débarras plein comme un œuf.

Élisabeth respire à plein nez l'odeur de laque et de cire qui se dégage des vieilleries qu'elle commence à remuer : un rocking-chair au cannage défait, des tableaux troués aux cadres décolorés par le temps, des masques africains, une machine à coudre Singer, quelques vestes d'homme qu'elle attribue à Rodolphe, une caisse de vaisselle ébréchée, des bocaux en verre dont les caoutchoucs de couvercles ont claqué, une commode au bois patiné par les ans. Cette commode l'intéresse. Elle ouvre le premier tiroir qui contient un nécessaire à couture et des aiguilles à tricoter. Le deuxième recèle un téléphone hors d'usage dont elle se demande ce qu'il fait là et pourquoi – comme tout le reste – il n'a pas été jeté. Le troisième tiroir renferme trois boîtes à chaussures. Elle en saisit une, en ôte le couvercle, déballe les chaussures du papier de soie. Ce sont des escarpins vernis noirs, aux talons usés, ornés d'une bride qui s'enroule sur la cheville. Des chaussures de soirée avec lesquelles on peut danser. Qui doivent certainement m'aller encore, se dit Élisabeth. Elle glisse son pied dans le soulier droit, mais l'en retire aussitôt. Il est bien trop petit pour elle. Trop étroit aussi. Les deux autres paires ne lui vont pas mieux. Elles doivent appartenir à Julie, déduit-elle. Élisabeth descend l'escalier, les boîtes à chaussures sous le bras, avec cette satisfaction que l'on éprouve après avoir déniché un trésor.

« Regarde ce que j'ai dégoté à l'étage, dans la vieille commode », dit-elle en se plantant devant la télé.

Elle attrape une des chaussures par la bride et l'exhibe sous le nez de Julie comme un trophée. Julie s'en empare et l'examine. Elle paraît troublée. Le magazine qu'elle avait posé sur ses genoux glisse à terre.

« Je les ai essayées, elles sont bien trop petites pour moi, dit Élisabeth. J'imagine qu'elles doivent être à toi. C'était pour plaire à Alexandre, pour sortir avec lui que tu les portais ? Je ne te vois jamais autrement qu'en tennis ou en Pataugas, ça doit te changer. J'aimerais bien que tu les mettes. »

Les larmes montent aux yeux de Julie sous le coup d'une émotion soudaine. Pour les dissimuler, elle éclate d'un rire outré. Elle se lève d'un bond, se dirige vivement vers le fond de la pièce afin d'échapper au regard d'Élisabeth.

« Non, non, tu n'y es pas du tout, tu te trompes complètement ! Elles ne sont ni à toi, ni à moi, mais à Carole Bretner.

– Carole Bretner ? Qui est-ce ? Quelqu'un de la famille ?

– Mais non, c'était une petite starlette en vogue qui avait de faux airs de Rita Hayworth et dont papa – va savoir pourquoi – était dingue.

– D'accord, mais par quel miracle ces chaussures ont-elles échoué ici ?

– Laisse-moi t'expliquer. Un week-end, alors que vous étiez partis tous les deux à Veulettes, en Normandie, vous êtes tombés sur une vente aux enchères organisée par la mairie, qui liquidait tous ses biens. Elle vivait là au moment de sa mort.

– Et tu veux me faire croire que Rodolphe a voulu acheter ces trois misérables paires de pompes en souvenir de cette greluche ?

– Oui.

– Et moi, j'aurais accepté ?

– Oui. Et je peux même ajouter qu'il a dépensé pour ces trois misérables paires de pompes, comme tu dis, une petite fortune.

– Ah oui ? Il était du genre à idolâtrer quelqu'un à ce point ?

– Idolâtrer, peut-être pas, mais le hasard a fait que vous étiez présents à cet endroit ce jour-là, et qu'il a succombé à son côté “fleur bleue”. Ça t'a d'ailleurs bien amusée.

– Amusée, moi ? Je serais plutôt du genre à trouver ça grotesque. Et mufle vis-à-vis de moi !

– Eh bien, sans doute étais-tu très amoureuse, maman, voilà tout.

– Et lui, très amoureux de cette traînée ! Je suis étonnée que cela m'ait amusée. J'ai certainement dû lui faire une scène à laquelle tu n'as pas assisté.

– C'est possible, mais je parierais le contraire. Tu sais, vous étiez très épris l'un de l'autre à cette époque et … »

Mais déjà, Élisabeth n'entend plus. Toutes ces explications lui semblent incohérentes. Pire, déplacées et grossières. Certes, les mots lui manquent pour parvenir à déterminer les contours de ces souvenirs qui sont abîmés ou absents ; cependant il lui semble qu'il ne s'agit pas d'elle, que ce n'est pas Rodolphe, que ce n'est pas leur couple. On dirait une farce, un mauvais film, pense-t-elle. La certitude de son sentiment est plus vivace, plus puissante qu'une simple réminiscence. Non, elle n'a pas été amusée, ce jour-là !

« … et d'ailleurs, c'est bien pour cette raison que papa et toi avez gardé cette maison.

– Hein ? Qu'est-ce que tu dis ? De quelle maison parles-tu ? demande Élisabeth, revenant à la conversation.

– Allô maman, tu m'écoutes ? De cette maison-ci, dans laquelle nous sommes.

– Rodolphe l'aimait, cette maison ?

– Si tu savais à quel point ! Si tu pouvais seulement te souvenir ! C'était son refuge, son sanctuaire. Et toi, tu l'aimais à travers lui. Vous veniez vous y reposer dès que vous le pouviez. Et parfois même séparément.

– Pourtant, je ne m'y sens pas bien, laisse échapper Élisabeth, presque malgré elle.

– Ah bon ? Pour quelles raisons ?

– Eh bien… je ne m'y retrouve pas. Rien ne me parle, ici… rien ne m'est familier. Aucun objet, aucun son, aucune odeur. J'ai l'impression d'être une intruse, comme si je n'y étais jamais venue et que je n'y avais rien laissé de moi-même. Un champ de tournesols ou un banc sur la place me sont moins étrangers que cette maison. Cela n'a rien à voir avec ta présence, rassure-toi. Bien au contraire, c'est toi qui la fais vivre. Et tu t'y sens bien, toi, c'est ce qui me réconforte.

– C'est normal, maman, que tu te sentes un peu comme une clandestine, ici. Ta maladie en est la cause. Elle efface tes souvenirs et ne laisse rien des lieux que tu as aimés, c'est ainsi. Mais moi, je peux t'affirmer que tu as passé dans cette maison les meilleurs moments de ta vie.

– Lesquels, par exemple ?

– Quand nous arrivions tôt le matin, après avoir passé la nuit dans le train, nous étions tous très exaltés. La fatigue du voyage disparaissait dès que tu tournais la clef dans la serrure. Tu ouvrais toujours la porte la première, les volets, tu aérais les pièces ; la lumière pénétrait à flots dans la maison et toi, tu irradiais. C'était une vraie vie de famille, le seul moment de l'année où on se retrouvait tous les quatre, sans se quitter, on partageait tout. Chaque été, papa et toi retombiez amoureux. D'ailleurs vous aviez établi un joli rituel : chaque 14 juillet, vous partiez admirer le feu d'artifice puis dîner sur le port d'un plateau de fruits de mer avant d'aller danser au bal.

– Mais… cette maison… à qui appartenait-elle exactement ?

– À papa qui l'avait héritée de son père, Bertrand. Lui-même l'avait bâtie de ses propres mains avec l'aide de ses amis ostréiculteurs, car il avait bien l'intention de finir ses jours sur l'île.

– Donc Rodolphe y a passé toute son enfance…

– Non, il vivait à Pessac, dans le chemin des Bruyères ; il venait ici durant les deux mois des vacances scolaires et repartait début septembre.

– Et nous deux, on y venait aussi chaque été ? Pendant deux mois entiers ? Je croyais que je ne tenais pas en place, que j'aimais voyager …

– Oui, c'est vrai, tu vadrouillais toute l'année, mais l'été nous venions ici. En juillet seulement, car en août nous partions tous à l'étranger.

– Et je parie que c'est Rodolphe qui, le dernier, fermait la maison…

– Oui, à contrecœur. À chaque fois, c'était pour lui un petit déchirement. Pas pour nous. Nous étions tous les trois excités comme des fous à l'idée de prendre l'avion.

– Fais-moi un peu rêver… Où sommes-nous allés ?

– Je me souviens d'un séjour à Catane, en Sicile. J'étais gamine, mais j'ai l'impression d'avoir atterri hier. Vous aviez réservé dans un hôtel charmant, au bord de l'eau. Je me souviens d'un autre séjour au Sénégal, en Casamance, et en Corse, d'un autre en Colombie alors que j'étais adolescente. Extraordinaire ! Et bien sûr, New York. Deux fois au Park Hyatt, génial !

– Tu vois, quand tu évoques ces pays, j'ai l'impression de m'y être rendue. Je vibre en t'écoutant, je voudrais en savoir davantage, que tu me les décrives en détail. Je sais que j'aime les voyages, que je suis remplie de cette envie-là, tandis que cette maison dans laquelle j'évolue et où j'ai passé des mois entiers ne me renvoie rien, aucun écho du passé : d'ailleurs, je ne m'y retrouve pas, je ne retrouve rien de moi, ici. Aucun objet, aucun souvenir, aucune photo, aucun vêtement. Rien. Pas un mot de toi ou de Matthieu, pas un seul cadeau que Rodolphe m'aurait offert, pas une seule inscription au creux d'un livre indiquant qu'il m'appartient. Rien. Pas même une photo de vous, petits. C'est étrange, non ? »

Cette question semble laisser Julie perplexe. Elle ne prononce pas un mot.

« C'est étrange, oui ou non ? insiste Élisabeth.

– Non, souviens-toi, c'est toi qui as voulu tout brûler, qu'il ne reste rien d'eux. Après la mort de papa et de Matthieu, tu as tout bazardé. La moindre trace de leur présence t'était insupportable.

– J'ai même jeté les photos de Matthieu ?

– Peut-être y en a-t-il encore quelques-unes qui traînent ici et là, dans des boîtes, des tiroirs, mais ça m'étonnerait. Tout a été brûlé, tout ce qui lui appartenait, tout ce que possédait papa, tout ce qui te rappelait ta vie d'avant. D'ailleurs, cette maison ne ressemble plus à ce qu'elle était autrefois. Elle a été chamboulée, réaménagée, cassée, reconstruite.

– Brûlé ? Mais par qui ? M. Massé ? demande Élisabeth.

– Oui, oui, répond Julie sans réfléchir, pour se débarrasser de la question.

– Pourquoi ne pas avoir vendu la maison, plutôt que d'y effectuer tous ces travaux ?

– Parce que la perspective de t'en séparer à jamais était inenvisageable. Tu ne pouvais pas imaginer qu'elle appartienne à quelqu'un d'autre, qu'elle accueille d'autres histoires, d'autres rires, d'autres drames. Tu te refusais à cette idée. Tu avais décidé de la louer à l'année. Ainsi, elle était toujours à toi, même si tu ne l'occupais plus. Sitôt les travaux terminés, tu l'as louée à une famille anglaise venue du Kent, les Suchet, qui ont vécu ici quelques années jusqu'à ce que tu leur dises que tu souhaitais récupérer la maison.

– Il y a combien de temps ?

– Quand tu es tombée malade, il y a cinq ans environ.

– Je t'ai sans doute expliqué mes raisons, n'est-ce pas ?

– Effectivement. Quand tu as compris que la maladie ne t'épargnerait pas et dévorerait ta mémoire, tu as voulu te réapproprier ta vie et revenir seule ici. Tu as cessé de nier la mort tragique de ton mari et de ton fils. Auparavant, tu faisais comme si rien n'avait existé. Tu ne pleurais pas, tu ne riais pas non plus, tu semblais anesthésiée. En te voyant, personne ne pouvait soupçonner qu'un tel drame avait eu lieu.

– Et toi, comment as-tu réagi ? Est-ce que je t'ai laissé le droit d'être malheureuse ?

– J'étais dévastée, mais j'ai caché mon chagrin pour ne pas t'affliger davantage. Une larme de moi et tu t'écroulais. Alors oui, nous faisions semblant. Un simulacre de vie. C'est à l'annonce de ta maladie que tu t'es effondrée. Tu as pleuré enfin toutes les larmes de ton corps, mais ce n'était pas sur toi. Tu as lâché prise et moi, j'ai pu enfin laisser libre cours à ma souffrance. Une fois de plus, tu as trouvé les mots pour me consoler, les gestes pour me réconforter. Je suis venue vivre avec toi quelque temps. Tu ne voulais plus que je m'en aille, tu me voulais auprès de toi à chaque instant. »

Un silence presque palpable s'installe dans la pièce. Parcourue d'un frisson, Élisabeth remonte son gilet sur ses épaules. Elle regarde Julie assise auprès d'elle qui, tête baissée, fixe le sol, muette à présent. Elle se sent pleine de tendresse à son égard. Julie relève la tête sous le poids de son regard et ressent alors pour cette femme un élan d'amour infini. Elle se penche vers elle et, de toutes ses forces, l'étreint contre son cœur.

« Merci, merci… susurre Élisabeth à l'oreille de Julie. Merci pour tout. »

– 9 –

Après une nuit courte et tourmentée, Élisabeth et Julie se lèvent avec le soleil, qui inonde la maison de lumière. Lorsque Julie voit Élisabeth descendre l'escalier avec cette grâce, cette légèreté qu'elle lui connaît depuis tant d'années, elle la trouve radieuse et belle, tout simplement. Par quel prodige, se demande-t-elle, est-elle si tranquille, si sereine après notre conversation d'hier ? Ce détachement serait-il dû à sa mort prochaine ? J'aimerais tellement que ma façon d'être, que mon comportement l'aident à partir en douceur. Je voudrais qu'elle s'en aille apaisée, et peut-être y parviendrai-je. Moi, à ses côtés, je me sens si vieille, si épuisée et si triste ! Il est des moments où j'aimerais tout arrêter. Mais j'irai jusqu'au bout. Jusqu'au bout de ce que je lui ai promis. Sans faiblir.

Le café et les tartines du petit déjeuner avalés, Élisabeth monte à l'étage pour rejoindre dans sa chambre Julie, occupée à se préparer. Par l'entrebâillement de la porte, elle la voit ôter sa nuisette, sans que la jeune femme se doute de sa présence. Élisabeth l'observe dans ce moment de solitude. Julie ouvre la penderie, cherche parmi les vêtements pliés sur les étagères ceux qu'elle portera ce matin. Élisabeth examine sa cambrure de danseuse, ses jambes longues et fuselées, ses omoplates saillantes, ses attaches si fines, ses fesses pommelées de jeune Africaine. Est-ce que je lui ressemblais à cet âge ? se demande-t-elle. Est-ce que j'avais ce corps de rêve ? Et pour quelles raisons le dissimule-t-elle ainsi, le camoufle-t-elle sous des vêtements trop amples ? Ne lui a-t-on jamais dit qu'elle était belle ? En tout cas, moi, je le lui répéterai.

Après quelques minutes d'hésitation, Julie finit par choisir un jean et une tunique en satin ivoire. Elle les jette sur le dessus-de-lit, se retourne et cache ses seins de façon presque instinctive à la vue d'Élisabeth.

« Je ne t'avais pas entendue », dit-elle.

Elle récupère aussitôt sa tunique, gênée de se montrer ainsi, et la plaque par pudeur contre son corps.

« Je suis ta mère, plaisante Élisabeth, je suis donc censée t'avoir faite et te connaître par cœur ! »

Le rouge aux joues, Julie enfile la tunique qui lui arrive jusqu'à mi-cuisses, s'assoit au bord de son lit pour passer son jean. Élisabeth, en s'approchant, remarque une longue cicatrice en forme d'échelle qui court sur sa jambe gauche.

« Comment t'es-tu fait ça ? demande-t-elle.

– Quoi donc ?

– Cette cicatrice… là, sur ta jambe. Que t'est-il arrivé ?

– C'était au Jardin d'Acclimatation. Je m'amusais sur les portiques. Je suis tombée de haut. Je me suis cassé le fémur et déboîté l'épaule. J'ai eu beaucoup de chance, j'aurais pu me tuer. »

Élisabeth accuse le coup.

« J'étais avec toi, ce jour-là ?

– Oui, tu nous avais emmenés, Matthieu et moi, passer l'après-midi là-bas. On adorait y aller tous ensemble, aux beaux jours. Tu as hurlé quand tu m'as vue à terre.

– C'est fou que je ne me souvienne pas de cette scène, dit Élisabeth, songeuse. Il ne m'en reste pas une bribe.

– Tu sais, parfois on occulte ce qui nous a choqué.

– Oui mais tout de même, insiste Élisabeth, j'ai failli te perdre comme j'ai cru perdre Matthieu quand il a fugué. De ça, je me souviens. Pourquoi, avec toi, je ne me souviens de rien ?

– Ce n'est pas la même chose, maman, ni la même douleur. Matthieu est parti plusieurs jours, tu t'es fait un sang d'encre, tu l'as cru mort pendant de longues heures. Tu as passé trois nuits blanches, trois jours épouvantables à remuer ciel et terre. Ça n'a rien de comparable… cesse de culpabiliser pour rien.

– On n'a jamais reparlé de cette fugue ; je pense qu'il est temps, à présent. Donne-moi les raisons de son départ. »

Élisabeth s'installe dans un fauteuil crapaud au tissu élimé. Prête, et désireuse de tout entendre.

« Ce n'est pas ce qu'il y a de plus gai à raconter, commence Julie, mais bien évidemment tu es en droit de tout savoir.

– Tu m'as dit qu'il culpabilisait. Pourquoi ?

– Parce qu'il était toujours entre toi et papa, c'était un sujet permanent de discorde. Matthieu traversait sa crise d'adolescence ; vous deux, celle des vingt ans de mariage. Rien n'était facile, on riait moins qu'avant.

– Oui, mais de là à fuguer…

– À cette époque, papa n'avait pas un caractère très souple, il ne supportait plus grand-chose. Il était souvent absent, comme s'il avait renoncé à son rôle de père. Toi, tu essayais toujours de temporiser, de jouer les médiatrices. D'apaiser Matthieu et de raisonner papa. En vain. Moi j'avais ma vie, mon fiancé de l'époque, j'assistais à tout cela de loin… Il y a eu ce soir de trop. Tu m'as appelée en catastrophe, il faisait déjà nuit. Matthieu n'était plus dans sa chambre, il n'était nulle part, il avait disparu. Tu imagines un peu l'état dans lequel tu te trouvais ! Nous avons appelé les hôpitaux, prévenu la police. Papa était à ramasser à la petite cuillère. On s'est rendu compte, à ce moment-là, de la force de son amour.

– Mais il avait fallu en arriver là, déplore Élisabeth.

– C'est une situation des plus banales, ajoute Julie comme si elle prononçait une sentence. Souvent, il faut frôler le pire pour savoir ce qu'est le meilleur.

– Mais moi, j'aimerais connaître la raison exacte pour laquelle Matthieu s'est enfui. Que s'est-il vraiment passé ce jour-là ?

– La grande passion de Matthieu, peut-être t'en souviens-tu, c'était le violon. Il avait commencé très tôt, à l'âge de cinq ans ! Et cette passion occupait tous ses moments de loisirs. Il jouait sans cesse, quitte, au début, à nous martyriser les oreilles. Très vite, il s'est montré doué, au point que son professeur, M. Valmont, misait beaucoup sur lui et souhaitait qu'il entre au Conservatoire. Il jouait déjà Sibelius à merveille, à vous tirer les larmes des yeux, alors qu'il n'avait pas douze ans. Le soir de son premier récital, toute la famille était conviée. Il était à la fois fier et transi de peur, mais mon Dieu, qu'il a bien joué ! »

Julie se tait, les yeux égarés. Élisabeth, de son côté, reste pensive, à croire que les notes du concerto pour violon parviennent jusqu'à elle. Les secondes s'écoulent au ralenti, l'atmosphère s'adoucit, la présence de Matthieu semble les envelopper. Comme il devait être élégant dans son habit de soirée, songe Élisabeth. Il avait dû se préparer des heures, ne rien laisser au hasard. Il avait dû jouer cette partition cent fois avant d'être enfin prêt. Et même là encore, il devait être dévoré par le trac. Quand le rideau rouge s'est levé, que les projecteurs l'ont éclairé, seul sur la scène, quand il a calé son violon sur son épaule et penché légèrement la tête, il a dû sentir son cœur battre à tout rompre dans sa poitrine. Puis quand les premières notes se sont échappées de son instrument, que la musique l'a possédé, j'imagine qu'alors il s'est apaisé. Et moi, dans la salle, sagement assise dans mon fauteuil, je devais être au bord du malaise.

« Mais Rodolphe n'était pas là, assène Julie.

– Pas là ? répète Élisabeth avec l'impression de revenir sur terre. Tu veux dire qu'il a raté le concert ?

– Oui, il a oublié de venir.

– Oublié ? C'est terrible ! Comment peut-on oublier ces choses-là ? Est-ce que Matthieu s'est rendu compte de l'absence de son père ?

– Oui, après sa prestation, quand tout le monde est venu le féliciter. Tout le monde, sauf son père. Son bonheur a été anéanti d'un coup. Cette absence a été pour lui comme une trahison. Toi, tu as vu la tristesse marquer son visage et tu n'as pas supporté. Nous sommes rentrés, sans mot dire, à la maison. Matthieu, meurtri, s'est enfermé tout de suite dans sa chambre et toi, tu as attendu patiemment le retour de papa en contenant ta colère. Des heures, tu l'as attendu. Il est arrivé comme d'habitude, sans humeur particulière, ignorant ce qui l'attendait et ce qu'il avait manqué. Tu l'as accueilli avec une froideur glaciale et interrogé comme un policier face à un suspect en garde à vue. "Ah mince, j'ai complètement oublié !" a-t-il dit en guise d'excuse, en plissant le front. Cette légèreté t'a mise hors de toi. Tu t'es mise à crier, à déverser toute la rancœur que tu avais accumulée contre lui depuis des années. Et lui, piqué au vif, a fait de même. Vous vous êtes balancé les pires horreurs à la figure. Tu lui reprochais son indifférence de père et d'époux, et lui t'en voulait de n'être plus qu'une mère. "Tu m'emmerdes à la fin avec tes leçons de morale, hurlait-il. Tu prends toujours la défense de Matthieu contre moi. Tu crées des situations pourries. Vous cherchez sans cesse à me rabaisser, tous les deux. Je ne sais pas à quel petit jeu vous vous livrez, mais je commence à en avoir ma claque ! Tu le surprotèges, tu le couves comme un oisillon, alors qu'il a déjà quinze ans. Il n'y en a que pour lui, à croire que je n'existe plus ! Vous me traitez en quantité négligeable. Ma réunion s'est éternisée, j'étais dans mes problèmes de boulot et j'ai oublié, voilà tout, j'ai oublié ! Gérant d'immeuble, ce n'est pas une sinécure et ça vous permet tout de même de bien vivre, non ? Ce n'est pas un drame ! Ce n'est pas comme s'il passait à Pleyel, tout de même ! Il faut relativiser. – Tu es monstrueux de dire des choses pareilles", as-tu répliqué. Moi, poursuit Julie, j'avais filé vite fait dans la bibliothèque pour échapper à cette énième dispute.

– On se disputait souvent ?

– Oui, répond Julie du tac au tac. Et toujours à cause de Matthieu. Ce jour-là, tu as giflé papa. Je l'ai compris au silence qui s'est subitement installé entre vous. Ce jour-là, tu as craqué, et Matthieu aussi. Il est parti sans rien dire à personne, le soir même. Voilà l'histoire.

– Où était-il ?

– Il ne nous l'a jamais dit. Il est revenu trois jours plus tard, épuisé, sans s'expliquer. Il nous a seulement confié qu'il avait tout entendu de cette dispute mémorable et qu'il ne pouvait plus supporter d'être l'enjeu de vos engueulades. Il culpabilisait beaucoup. Plus jamais nous n'avons évoqué cet épisode, mais toi et moi savions que quelque chose était brisé.

– Entre Rodolphe et Matthieu ?

– Les relations dans la famille se sont distendues. Chacun vivait un peu en autarcie sans trop se soucier des autres… l'ambiance avait changé. Papa et toi ne preniez même plus la peine de vous disputer. Tout le monde faisait semblant de continuer comme avant, mais plus rien n'était comme avant. Toi, tu as essayé maintes fois de recoller les morceaux en organisant de grands dîners, en invitant la fête à la maison. En vain. C'était quelque chose d'indicible et de sourd, mais pourtant bien présent.

– Ce devait être oppressant, constate Élisabeth.

– Surtout pour Matthieu. À partir de ce jour, il a définitivement abandonné le violon. Moi j'avais déjà ma vie à côté et je l'ai vécue pleinement. J'ai voulu me détacher de vous sans jamais y parvenir.

– Et Rodolphe, dans l'histoire ?

– Il encaissait le coup, il se réfugiait dans le travail. Il parlait peu. L'amour était toujours là, mais plus personne n'osait le verbaliser. Il ne s'agissait pas de pudeur, plutôt de gêne mêlée à de la culpabilité. Une sorte de maladresse que papa avait toujours envers Matthieu et dont il n'arrivait pas à se défaire. Matthieu, de son côté, avait cette réserve propre aux adolescents. Il n'exprimait pas grand-chose, et surtout pas ses émotions. On sentait bien qu'ils avaient toujours l'envie de se rapprocher l'un de l'autre, mais ils ne faisaient que s'effleurer alors qu'ils auraient désiré s'étreindre.

– Et moi ? Ai-je aussi capitulé ? Ai-je tenu le choc face à tout cela ?

– Toi, tu as été parfaite, comme toujours. Tu as tout mis en œuvre pour que nous nous retrouvions. Tu t'es épuisée à la tâche. Tu as essayé de rassembler autour de toi toute ta petite tribu, mais le mal était fait et alors… oui, tu as abandonné, tu as trouvé du réconfort ailleurs.

– Dans les bras de Marc, n'est-ce pas ?

– Oui. »

– 10 –

Les deux femmes se taisent et n'osent pas se regarder. Elles appréhendent l'une et l'autre de devoir aborder ce sujet et pourtant… Il va bien falloir se jeter à l'eau, pense Julie, c'est inévitable.

Élisabeth, embarrassée, fait glisser machinalement le médaillon de son collier le long de la chaîne d'argent, comme un remède à son anxiété.

« Tu veux bien me parler de lui ? Ça ne t'ennuie pas ? Enfin, tout au moins ce que tu en sais.

– Je t'ai déjà raconté comment vous vous êtes rencontrés et combien vous vous êtes aimés. Tu revenais enfin à la vie. Tout en toi avait changé ; on en ignorait la raison, mais c'était flagrant. Tu étais radieuse, alors que le reste de la famille était morose. Tu t'es coupé les cheveux, tu as verni tes ongles, tu te maquillais davantage, tu souriais sans raison et tu t'absentais aussi… sans raison.

– Est-ce que Rodolphe se rendait compte de ce changement en moi ?

– Certainement, mais il ne pouvait pas imaginer que tu avais quelqu'un d'autre, ou peut-être ne voulait-il pas se l'avouer. Il a fait bonne figure jusqu'au dernier moment.

– Mais il a fini par l'apprendre ?

– Oui.

– Comment ?

– Bêtement. Par une dédicace dans un livre.

– Je ne comprends pas.

– Eh bien, Marc t'avait offert *Belle du Seigneur* d'Albert Cohen et, sur la page de garde, il t'avait déclaré son amour.

– Tu te souviens de ce qu'il avait écrit ? »

Julie réfléchit quelques secondes, regarde autour d'elle comme si elle cherchait l'inspiration dans ce qui l'entoure.

« Quelque chose du genre : “Mon amour, mon aimée. Comme eux, ne prendre fin qu'avec la mort… et encore !” Enfin, tu vois, quelque chose de bien compromettant, qui ne laisse aucune place au doute. »

À ces mots, Élisabeth s'empourpre comme une adolescente à ses premiers émois. Elle ne peut s'empêcher de sourire.

« Et donc, si je comprends bien, j'ai été assez idiote pour laisser traîner ce bouquin...

– Non, pas vraiment. Ça ne s'est pas passé tout à fait comme ça. Tu étais en train de le lire tranquillement, papa est rentré plus tôt que prévu. Tu as voulu cacher le livre mais ta panique t'a trahie. Il s'en est aperçu. Tu n'as pas pu lui dissimuler ce mensonge plus longtemps, et sans doute étais-tu soulagée qu'il apprenne la vérité. Mais pour toi, ç'a été le début d'un dilemme et pour papa, le couperet d'une guillotine. Malgré tous les problèmes que vous affrontiez, jamais il n'aurait pu envisager que votre amour soit sali par l'adultère et votre couple détruit.

– Comment a-t-il réagi ?

– Dans un premier temps, il était tellement assommé, tellement humilié, qu'il est parti en claquant la porte.

– Décidément, tout le monde s'en va dans cette maison », soupire Élisabeth...

Julie s'apprête à répliquer quand la sonnerie du téléphone retentit dans le salon. Aucune des deux n'a envie de descendre pour répondre, mais la sonnerie persiste, devient insistante. Trop insistante pour l'ignorer plus longtemps.

« Je vais voir qui c'est », annonce Julie en quittant brusquement la pièce.

Élisabeth, curieuse, lui emboîte le pas. Julie se précipite vers l'appareil, mais à peine a-t-elle attrapé le combiné que la sonnerie s'arrête. La jeune femme raccroche, un peu déçue. Les appels sont si rares, ici ! J'espère que ce n'est pas lui, pense-t-elle. Il a fait le choix de ne pas venir, alors il ne faut pas qu'il nous embête maintenant ! Et si jamais c'était lui et qu'il appelait de nouveau, à un moment où Élisabeth est toute seule ? Alors là, ce serait dramatique ! Julie pose son regard sur Élisabeth et la voit monter l'escalier qui mène à la chambre.

« Où vas-tu, maman ?

– J'ai un peu froid, j'ai oublié mon gilet dans ta chambre, je reviens. »

Mais non, pense Julie en secouant la tête, ça ne peut pas être lui. Pas d'affolement. Il m'a annoncé avec tant de véhémence qu'il ne voulait pas venir, qu'il avait tiré un trait définitif sur son passé… Non, j'en suis sûre : il fera silence.

Élisabeth, elle, impatiente de connaître la suite de son histoire, grimpe les marches à la hâte. Parvenue dans la chambre, elle récupère son gilet abandonné sur le dossier d'une chaise, passe une manche et… s'arrête net. Son attention se focalise sur la petite bibliothèque où sont alignés quelques livres. Elle repère l'un des titres : *Belle du Seigneur*. Élisabeth le saisit, pleine d'espoir, l'ouvre à la page de garde, vierge de tout dédicace. Drôle de coïncidence ! se dit-elle, un peu désappointée de ne rien y avoir lu. Elle boutonne son gilet, descend l'escalier et retrouve Julie sur la terrasse, allongée sur un transat, qui se fait dorer aux premiers rayons de soleil. Élisabeth déplie une chaise longue à côté de Julie et s'installe, elle aussi, confortablement.

« Alors, où en étions-nous ? », demande-t-elle.

La pugnacité d'Élisabeth amuse Julie qui reprend de bonne grâce le fil de son histoire.

« Nous en étions au premier acte du vaudeville avec la femme, le mari et l'amant. Nous en étions au départ de papa. Il ne s'est absenté que quelques heures, le temps de prendre conscience de la situation. Il est rentré résolu, apaisé. Tout de suite, il t'a posé un ultimatum : “C'est lui ou moi, a-t-il dit avec un calme effrayant. Et c'est maintenant. Ne crois pas que je sois disposé à tolérer cela, ne serait-ce qu'une heure de plus. Tu fais tes valises immédiatement ou tu restes avec nous définitivement."

– Il ne m'a posé aucune question ?

– Non, il n'a rien voulu savoir. Il trouvait sûrement dégradant d'en apprendre davantage. Il a montré un autre aspect de lui-même, un aspect méconnu de nous : il était à la fois très digne et implacable. La colère bouillonnait dans ses veines mais il a réussi à ne pas s'emporter. »

Oppressée, Élisabeth pose une main sur sa poitrine comme pour s'aider à mieux respirer.

« À t'entendre, dit-elle, j'ai tout gâché !

– Justement, non. Tu as été parfaite. Tu as agi en mère exemplaire et en épouse dévouée. Tu n'as pas hésité deux secondes. Alors que toutes les fibres de ton être te criaient de partir, de rejoindre Marc, celui que tu aimais, tu es restée avec nous.

– J'ai dû être accablée de tristesse, alors.

– Sans doute, mais tu as assumé ton choix. Tu as sacrifié ton amour au profit de ta famille sans jamais le regretter et sans jamais nous le faire payer.

– Et Marc, qu'est-il devenu ?

– Tu ne l'as plus jamais revu. Il a disparu de ta vie à cet instant. Il a compris à ta décision sans appel que votre histoire était terminée pour toujours. Comme s'il n'avait jamais existé. Pour nous, en tout cas.

– Et Rodolphe ?

– Il a repris le cours normal du quotidien. Comme si de rien n'était, mais son attitude a changé. Il s'est montré plus présent, plus disponible, plus tendre aussi. Les dernières années que vous avez passées ensemble ont été plutôt douces, à croire que vous aviez signé une trêve. En fin de compte, cette histoire vous a rapprochés. Mieux, grâce à elle, vous vous êtes retrouvés.

– Et vous, les enfants, comment avez-vous réagi ?

– Nous ne sommes pas intervenus, mais nous avons admiré ton sens de l'abnégation et nous t'en étions reconnaissants. Cette harmonie dans la famille a perduré, jusqu'au drame.

– On en a profité combien de temps ?

– Quelques belles années, et il aura suffi d'un feu rouge pour tout interrompre. Sans cette seconde d'inattention, papa serait sans doute toujours là, auprès de toi, à savourer ces moments.

– Mais… ce n'était pas lui, le responsable de l'accident. Tu m'as parlé d'un type qui était ivre.

– Oui, c'est bien ce que je t'ai dit, mais en fait… ce que je veux dire là, c'est que… s'il avait été plus attentif, j'imagine qu'il aurait pu avoir le temps d'éviter ce type qui zigzaguait sur la route… »

Élisabeth constate l'embarras de Julie mais, afin de ne pas la gêner davantage, décide de prendre ces dernières paroles pour argent comptant. Elle sait pourtant que la jeune femme lui avait donné, auparavant, une version légèrement différente. Peu importe, se dit-elle, j'ai dû mal comprendre.

« Pardonne-moi de te réclamer des détails, s'excuse Élisabeth. Je sais bien que tous ces souvenirs sont douloureux à remuer, mais j'en ai besoin… Nous étions donc tous en bons termes au moment de l'accident ?

– Oui, absolument, la rassure Julie.

– Et dire que j'ai occulté leurs obsèques… J'ignore s'ils ont été incinérés ou enterrés.

– Ils ont été enterrés tous les deux.

– Où ?

– À Paris, au cimetière du Montparnasse.

– Y avait-il beaucoup de monde pour les accompagner une dernière fois ? C'était en quelle saison ? Est-ce qu'il neigeait, est-ce qu'il y avait du soleil, ou pleuvait-il des cordes comme cela arrive fréquemment aux enterrements ? Étions-nous tous en noir, ou subsistait-il encore un semblant de vie autour de nous ? Et puis d'abord, qui y avait-il ? Brigitte et Clotilde étaient-elles là ? Et les amis de Matthieu ? Et nos familles ?

– Tout le monde était venu, tout le monde avait répondu présent. Il faisait froid alors que nous étions à la fin du printemps, la tristesse nous glaçait jusqu'aux os. Nous étions tous en noir, sauf les copains de Matthieu qui n'attachaient pas d'importance au protocole. Il n'y a eu aucune cérémonie religieuse. Une amie de Matthieu a récité un poème de sa composition et on a recouvert les cercueils de terre sur une chanson des Rolling Stones. »

« J' peux entrer ? C'est ouvert ? crie soudain une voix d'homme provenant de la route.

– C'est M. Massé, reconnaît Élisabeth.

– Oui, venez, entrez ! lui dit Julie en l'invitant d'un signe de la main. Vous venez jardiner ?

– On est mardi et, comme tous les mardis, je viens arroser les plantes !, annonce malicieusement le vieil homme après avoir franchi le portail.

– Parfait, dit Julie. On allait se faire un petit café, en voulez-vous un ?

– C'est pas de refus. Je vais prendre un peu le soleil en attendant, dit M. Massé en s'installant près d'Élisabeth, sur le transat que Julie vient de quitter.

– Bientôt, il va falloir élaguer cet arbre qui va vous faire de l'ombre, constate-t-il en désignant un chêne centenaire dont les branches commencent à envahir la terrasse. Je vais m'en occuper un de ces quatre, et je les brûlerai quand vous serez parties.

– À ce propos, en profite Élisabeth, je sais que nous vous avons donné bon nombre de choses à brûler, des vieilleries dont on voulait se débarrasser. Pour Julie, ça n'avait plus de valeur, tandis que pour moi… Vous n'avez rien conservé ? Rien du tout ? Parce que sinon, j'aimerais bien les récupérer. Elles sont chères à mon cœur, finalement. »

M. Massé semble tomber des nues.

« Vous me parlez de quoi, au juste ?

– De toutes ces affaires que Julie a jetées, à l'époque où nous avons fait des travaux dans la maison.

– Ah ça, non…

– Mais si, toutes ces affaires que Julie a jetées…

– Je dois être malade du cerveau parce que je ne m'en souviens pas. Ou alors, c'était pas moi.

– Mais si, je vous assure…

– Non, je vous dis. Vous faites fausse route, ou sinon, je suis bon pour aller chez les fous à Sainte-Anne ! Je n'ai jamais brûlé que des tas de feuilles mortes et des branches d'arbres pourries, rien d'autre, je vous le jure !

Élisabeth se sent désemparée. Le bonhomme semble pourtant sincère.

– N'en parlons plus, je suis désolée. J'ai dû encore mal comprendre. Parfois, vous savez, on confond un peu tout… »

Julie réapparaît sur le seuil de la terrasse, poussant une table à roulettes garnie de tasses de café et de petits gâteaux.

« Pourquoi es-tu si pâle ? demande-t-elle à Élisabeth avant même de présenter sa tasse à M. Massé. On dirait que tu viens de voir un fantôme. Tu te sens bien ?

– Oui, oui, rassure-toi, mon heure n'est pas encore venue », plaisante Élisabeth.

Le bruit des tasses et le flux des paroles parviennent confusément à ses oreilles. Elle est ailleurs, elle s'échappe. Elle se sent seule, à présent. Pire, isolée. Elle n'a pas envie de parler davantage, de se plier au jeu de la conversation et des faux-semblants. Cette souffrance qu'elle croyait anesthésiée, la voilà qui se réveille à nouveau, plus criante, plus dévastatrice qu'avant. Elle ressent le besoin de se retrouver et d'écrire.

« Je vais me reposer un peu. Je monte dans ma chambre, si ça ne t'ennuie pas. »

Sans plus d'explication, Élisabeth prend congé de Julie et de M. Massé. Quoique surprise, Julie ne lui pose aucune question. Elle sait qu'elle doit respecter son désir d'intimité, mais la pâleur qui a figé ses traits lui rappelle l'échéance imminente. Ces instants de bonheur passés avec elle ne sont qu'éphémères, pense-t-elle, soudain désemparée. Il y a la fureur du monde et les silences d'Élisabeth, il y a les cris des autres et ses mots à elle, et l'acceptation finale du sort de chacun.

Réfugiée dans sa chambre, Élisabeth cesse de noircir les pages de son cahier. Elle éprouve une impression désagréable, comme un caillou dans une chaussure. Quelque chose la gêne, la chamboule. Elle ne parvient pas à se satisfaire de ce que Julie lui apprend de sa vie. Bien qu'elle ait été cette mère exemplaire et cette épouse infidèle, certes, mais aimante, bien qu'elle ait poussé le sens du devoir jusqu'au sacrifice, il subsiste en elle un goût d'échec, une sorte de manque. Elle sent qu'elle est passée à côté de quelque chose d'essentiel qu'elle ne parvient pas à cerner. Mais quoi ? se demande-t-elle. Peut-être, en écrivant, arriverai-je à mettre enfin des mots sur cette impression, à déterminer ce qui m'échappe, songe-t-elle.

Élisabeth reprend son stylo et recommence à écrire. Les mots courent sur le papier et, au fur et à mesure que les feuilles se remplissent, ce poids sur son cœur s'estompe. Elle fait du vélo, boit des thés glacés à la pêche et se prélasse au soleil, mais il n'en demeure pas moins qu'elle n'a pas oublié son dessein. Elle sait pourquoi elle est là, et elle n'a pas changé d'avis. Rien ni personne – pas même Julie et ses paroles bienveillantes – ne troublera sa valse avec le temps qui lui reste à vivre, ni ne lui fera oublier sa douleur et son insatiable besoin de consolation.

– 11 –

Lorsqu'elle relève la tête de son cahier, Élisabeth constate que l'heure a tourné et qu'elle s'est assoupie, vaincue par la fatigue. La lumière du matin a laissé place à une clarté plus nette, plus vigoureuse. Le silence de la maison la surprend. Elle dresse l'oreille. Rien, pas un bruit. Julie a dû s'absenter, se dit-elle. Descendue au rez-de-chaussée, le cahier en main, elle trouve le salon vide, la table du jardin rangée dans l'entrée, les tasses à café propres près de l'évier de la cuisine. Sur la table, un mot de Julie l'attend, l'informant qu'elle est sortie et qu'elle reviendra vite. Soudain, la voilà démunie. Une petite fille seule au monde. Elle s'assoit, terrassée par le chagrin. Elle reconnaît ce sentiment. D'abandon, de rejet. La tête dans les mains, Élisabeth se met à pleurer. Les larmes coulent toutes seules sur ses joues. Malgré elle. Elle aimerait se ressaisir, comprendre d'où lui vient cette peine infinie. Elle sait qu'elle a déjà pleuré ainsi, avec autant de détresse. Mais quand et pourquoi ?

Entre deux sanglots, une image violente s'impose : celle d'une femme solitaire sur un banc, dans la rue, deux valises à ses pieds, le visage baigné de larmes. Ces larmes, ce sont les siennes. Cette femme, c'est elle. Pourquoi ? Dans quelles circonstances ? se demande-t-elle. Quelle est la personne qui mérite que l'on perde pied à ce point ? Qui peut nous laisser ainsi, dans un tel état ? Ces deux valises... C'était donc lors d'un voyage. Mais pour quelle destination ? Pourquoi tant de bagages ? Comme s'ils contenaient toute sa vie. Les larmes cessent de couler, Élisabeth s'apaise. Son regard brillant se fait plus vif, plus acéré. Sa respiration devient plus calme, moins oppressée. Soudain, elle comprend, elle se souvient, saisie par la netteté de cette réminiscence. La vérité. Fébrilement, comme rattrapée par l'urgence, elle déchire des pages de son cahier, rature des lignes entières pour en écrire de nouvelles. Ce manque qu'elle ressentait auparavant est comblé par son récit. Elle ignore pourquoi, mais elle prend conscience que les choses ont changé et qu'elles prennent place, petit à petit. C'est ce qu'elle désire ardemment. À cette condition seulement, elle partira tranquille, réconciliée avec la vie. Elle pense à Julie, et un sourire nouveau illumine ses traits.

La sonnerie du téléphone brise le fil de ses réflexions. C'est Julie qui l'appelle de la place du village et l'invite à venir déjeuner avec elle. Élisabeth accepte de bon cœur.

« Je me suis bien reposée, dit-elle. Je me sens le courage et la force d'enfourcher le vélo jusqu'au prochain coup de barre. Où veux-tu que je te retrouve ?

– Devant la fontaine ?

– Bien. Le temps d'arriver… »

Élisabeth raccroche, ferme le cahier, remonte dans sa chambre, cherche un endroit pour le cacher, trouve une place judicieuse au creux de sa valise. Je ne veux plus le laisser en vue, se dit-elle. Pas pour l'instant, en tout cas. Puis elle empoche le papier sur lequel elle a noté les indications que Julie lui a données par téléphone pour lui éviter de se perdre.

*
* *

« Ce trajet m'a épuisée, avoue Élisabeth en essuyant son front baigné de sueur. Je crois que j'ai bien trop présumé de mes forces. Je ne pense pas être capable de revenir tout à l'heure à la maison, si ce n'est en voiture. »

Julie constate une fatigue inhabituelle sur le visage d'Élisabeth. Ses traits sont tirés, des cernes mauves soulignent ses yeux qui semblent éteints, sa respiration est rapide et bruyante, ses mains tremblent comme celles d'une vieillarde. Dix minutes de vélo et elle a pris vingt ans, se dit-elle. Il faut que je cesse de penser que tout va bien, qu'elle est en forme et que je rentrerai avec elle à Paris. Parce que je sais pertinemment que ce n'est pas vrai.

« Avant de déjeuner, j'aimerais passer chez le fleuriste. J'ai envie d'orner la maison de roses jaunes et de lys blancs, dit-elle pour chasser cette pensée qui lui est cruelle.

– Mes fleurs préférées ! s'exclame Élisabeth avec un regain de vitalité.

– Je sais, répond Julie. Pourquoi crois-tu que je veuille les acheter ? »

Toutes deux se dirigent vers le magasin, Julie saisissant Élisabeth par le bras comme pour la soutenir. Elle sent sa démarche chancelante, fragile. Elle n'aimerait pas la voir tomber. C'est à pas menus qu'elles gagnent la boutique dont l'étal regorge de fleurs. Les parfums se mélangent, les couleurs se confondent, des odeurs de terre fraîchement arrosée se dégagent des plantes en pot. Un décor lénifiant qui contraste avec la devanture voisine : une mercerie d'un autre âge, tenue par une vieille femme rébarbative. À peine ont-elles franchi le seuil du magasin que Julie s'arrête net. Elle empêche Élisabeth d'avancer ; la pression qu'elle exerce sur son bras se fait plus ferme, presque douloureuse.

« Finalement, nous viendrons les acheter après le déjeuner, déclare Julie en tournant brusquement les talons. Ce serait dommage qu'elles fanent au soleil. »

Élisabeth, sans comprendre, lui emboîte le pas. Elle jette un coup d'œil en arrière, aperçoit Guinard et sa mère qui sortent de la boutique. Julie voulait les éviter, pense-t-elle.

« Décidément, tu les fuis !

– Oui, je ne les aime pas beaucoup, ils me sont antipathiques, répond Julie sans même lui demander de qui il s'agit.

– Pourquoi ?
– Allons déjeuner », dit-elle froidement.

La terrasse étant bondée, Élisabeth et Julie choisissent de s'installer à l'intérieur de la cabane d'ostréiculteur aménagée en restaurant et baptisée Les Cols bleus. La salle est presque vide à cette heure tardive. Deux jeunes amoureux finissent leur dessert ; au zinc, un pêcheur en ciré avale une bière ; un homme seul, absorbé par la lecture du journal *Sud Ouest*, fait signe au serveur et lui commande un café.

« J'aime bien cet endroit, dit Élisabeth en balayant la pièce du regard. Il est très pittoresque ! »

Au-dessus du comptoir sont exposées des photos de vieux loups de mer, en noir et blanc ; sur le mur de droite en crépi sont accrochés une bouée et un filet de pêche qui appartenaient jadis au chalutier *La Perle blanche*, propriété de l'ancien patron. Sur le mur de gauche, un gouvernail en bois de chêne et des portraits de personnalités locales, dédicacées par leurs soins. Mme Bonnet, torchon sur l'épaule et tablier noué à la taille, veille jalousement sur eux ; de même qu'elle s'assure du bien-être de ses clients. Un serveur en marinière coiffé d'un béret à pompon rouge vient leur apporter le menu.

« Je vais prendre la spécialité de la région, annonce Julie. Une mouclade.

– Qu'est-ce que c'est ? demande Élisabeth.

– Des moules à la crème, explique le serveur.

– Moi j'ai envie d'un plateau de fruits de mer. Le Royal, s'il vous plaît !

– Et une bouteille de blanc, ajoute Julie. Celui de votre choix. »

Toutes deux prennent le temps de se régaler, de savourer ces instants. Sans doute est-ce l'un des derniers tête-à-tête de ma vie, songe Élisabeth. Je donnerais cher pour me souvenir d'un dîner aux chandelles avec celui que j'aimais ; juste une poussière de ces sensations-là, des battements de cœur plus rapides, des mots susurrés, des regards ardents. Un soir de Saint-Valentin, par exemple.

« Dis donc, tu as vu ? murmure Julie en se penchant soudain vers Élisabeth.

– Quoi donc ?

– Le type, à côté. Il ne te lâche pas du regard. Sois discrète, ne te retourne pas tout de suite.

– Je ne l'ai pas remarqué. Il est comment ? demande Élisabeth, tout émoustillée, en décortiquant une crevette rose.

– Très séduisant. À mon avis, c'est un estivant. Il n'est pas d'ici, j'en suis certaine.

– Décris-le-moi.

– De faux airs de Robert Redford. »

Élisabeth éclate de rire, incrédule et, sans plus attendre, se retourne vers l'homme. Julie a raison, pense-t-elle. Il lui ressemble avec ses cheveux blonds, cette mèche qui lui barre l'œil, ses yeux bleus clairs, son nez aquilin. Tout en lui montre qu'il a dû être magnifique dans sa jeunesse. Aujourd'hui encore, il a « de beaux restes ». De très beaux restes. Pas intimidé le moins du monde, l'homme adresse un sourire franc à Élisabeth qui, embarrassée comme une collégienne à son premier émoi, baisse le nez sur son assiette.

« Tu crois qu'il me trouve belle ? demande-t-elle, séduite à l'idée de plaire encore.

– Évidemment. Attention, il se lève, il se dirige vers nous ! Continuons à parler comme si de rien n'était ! »

L'inconnu se poste devant leur table, s'incline légèrement pour les saluer et d'emblée, s'adresse à Élisabeth.

« Pardonnez-moi, madame, de faire intrusion au milieu de votre déjeuner, mais c'était plus fort que moi, je n'ai pas pu résister », commence-t-il d'une voix éraillée.

Élisabeth, émue, ne quitte pas son tourteau mayonnaise des yeux. Cet homme l'impressionne autant que s'il était l'acteur en personne. Elle sent ses joues rosir et une chaleur envahir tout son corps. Elle voudrait à la fois qu'il parte et qu'il reste ; elle ne sait plus que faire. Elle aimerait que Julie vienne à sa rescousse, mais Julie se tait, amusée et curieuse.

« Vous êtes en vacances ? poursuit l'inconnu.

– On peut dire ça comme ça ! », répond Élisabeth dans un éclat de rire.

Julie n'en revient pas : comment Élisabeth peut-elle plaisanter ainsi… sur sa fin prochaine ?

« Je vous prie d'excuser mon audace, mais je me lance : je vous trouve splendide, Madame, déclare-t-il avec une emphase calculée, comme si l'on était au théâtre. J'adorerais vous inviter à dîner ce soir, qu'en dites-vous ?

– Oui, volontiers, s'empresse de répondre Julie. Avec joie !

– Minute ! intervient Élisabeth en levant le doigt comme une écolière. J'ai peut-être mon mot à dire, non ? Eh bien… oui, j'accepte avec joie ! »

Élisabeth lève la tête vers l'homme, plonge son regard dans le sien, lui tend la main.

« Enchantée, je m'appelle Élisabeth.

– Et moi Édouard. Où puis-je venir vous prendre ? Et à quelle heure ?

– Nous habitons dans le chemin de Ronde, la maison au portail en fer forgé. »

De timorée, Élisabeth est devenue téméraire. Elle se sent prête à toutes les audaces. Cet homme la charme ; elle est séduite. Mieux, conquise.

« Vous ne pouviez pas me faire plus grand plaisir. Je serai chez vous à vingt heures précises. En attendant, je vous souhaite un bon après-midi, Mesdames », ajoute-t-il avec un sourire éclatant avant de quitter les lieux.

Les deux femmes se dévisagent, éberluées, puis rient de bon cœur.

« C'est fou, non ? dit Élisabeth. J'ai un rendez-vous galant. À mon âge, et surtout maintenant ! C'est comme si le destin n'était pas encore vaincu, comme si tout me criait de rester. Même la maladie me laisse du répit, ma mémoire se fait plus douce, certains souvenirs remontent à la surface.

– Quels souvenirs exactement ?

– Des souvenirs sans importance, ne t'en fais pas… Mais revenons à cet Édouard. Il a l'air bien mystérieux. Il a quand même un certain aplomb ! Inviter à dîner une inconnue, comme ça… Ce doit être un homme à femmes. Il peut se le permettre, d'ailleurs ! »

De quels souvenirs veut-elle parler ? se demande Julie qui a décroché. Sans importance pour qui ? Pour elle ou pour moi ?

« Hein ? Qu'en penses-tu ? poursuit Élisabeth. Je suis fatiguée, pas maquillée, en petite forme morale, et pourtant je lui ai plu !

– Ne cherche pas à comprendre, répond Julie. Il n'y a qu'une explication à ces choses-là. Fais simplement en sorte d'être au mieux ce soir : belle et élégante, comme tu sais si bien l'être.

– Je crois que j'ai assez mangé, dit Élisabeth en se tapotant le ventre. Si je veux entrer dans ma robe noire, j'ai intérêt à ne plus rien avaler. »

Julie lève la main pour appeler le serveur.

« L'addition, s'il vous plaît !

– Elle a déjà été réglée par M. Buisson, Mesdames, les informe le serveur.

– Vous voulez parler du grand monsieur blond qui vient de partir ?

– M. Édouard Buisson, oui. »

À ce nom, le visage de Julie se ferme.

– 12 –

Il est presque vingt heures, Élisabeth est assise bien droite dans le fauteuil du salon, vêtue de sa petite robe noire, chaussée d'escarpins à bouts ronds. Elle a mis son collier de perles et glissé une bague en cristal à son majeur droit. Elle s'est maquillée avec soin d'un peu de rouge à lèvres, et d'un trait de khôl noir dont elle a souligné ses yeux. Ses cheveux lâchés tombent en boucles sur ses épaules. Pour la première fois depuis longtemps, elle se trouve belle. Désirable même. Elle n'ose pas bouger de peur de froisser sa robe, elle s'interdit de boire ne serait-ce qu'un verre d'eau de crainte d'effacer son rouge à lèvres et parcourt pour la cinquième fois le même magazine afin de tromper son impatience.

Julie pousse la porte d'entrée et découvre Élisabeth pétrifiée sur son siège, l'air grave.

« Tu ressembles à une statue de pierre, maman. Détends-toi, ce n'est pourtant pas l'homme de ta vie !

– Oui, tu as raison, il faut que j'arrive à me décontracter. D'ailleurs je me demande bien pourquoi j'ai accepté cette invitation à dîner. Ça n'a aucun sens ! Tu as trouvé le DVD que tu voulais ?

– Oui, de quoi passer une bonne soirée. »

Élisabeth ne quitte pas des yeux les aiguilles de l'horloge qui semblent tourner au ralenti. Elles marquent à présent vingt heures vingt-cinq, et Édouard n'est toujours pas là.

« Tu as raison, il ne doit pas être d'ici, dit Élisabeth, il doit chercher son chemin.

– Vingt-cinq minutes de retard, c'est un peu exagéré, commente Julie. Plutôt cavalier. Comme la façon dont il t'a abordée, d'ailleurs.

– Tu te fiches de moi ! s'écrie Élisabeth sans pourtant esquisser le moindre mouvement. C'est toi qui m'as quasiment poussée dans ses bras !

– Sur le moment, j'ai trouvé ça amusant mais, pour être tout à fait franche avec toi, à la réflexion, je trouve sa démarche assez déplacée.

– Inviter une jolie femme à dîner, tu trouves ça déplacé, toi ?

– Ce que je vois, c'est qu'il est bientôt la demie et qu'il n'est toujours pas là. Si j'étais toi, je ne l'attendrais pas davantage et je lui claquerais la porte au nez. Tu veux que je m'en charge ?

– Si à vingt et une heures il n'est toujours pas arrivé, soupire Élisabeth, on ferme la porte à double tour, on éteint la lumière et on regarde le film toutes les deux. »

Vingt et une heures sonnent. Sans un mot, Élisabeth s'extirpe du fauteuil et monte l'escalier devant Julie. Elle ne laisse rien paraître de sa déception mais, seule dans sa chambre, elle accuse le coup. Lentement, elle enlève ses escarpins, ses bijoux, passe une main sur son visage comme pour en ôter le maquillage. Elle se sent humiliée, misérable. Meurtrie et grotesque. C'était évident qu'il ne viendrait pas ! Elle y a cru comme une fillette au Prince charmant, et n'a pas eu plus de discernement qu'une bûche. Élisabeth se regarde dans la glace, engoncée dans sa robe noire, sans savoir si elle doit rire ou pleurer. À vingt ou trente ans, ç'aurait été pareil : la déception aurait été aussi vive, le sentiment de rejet aussi fort, mais elle aurait aimé pouvoir s'épargner cela. Allez, je m'en remettrai ! pense-t-elle en se ressaisissant. Après tout, j'ai connu bien pire ! Je ne laisserai pas un goujat de son espèce gâcher mes derniers moments.

*
* *

Élisabeth passe une nuit détestable, furieuse de ressentir encore, à son âge et dans son état de délabrement mental, des émois de jeune fille en fleur. Au réveil, elle est d'une humeur exécrable. Elle laisse son regard vagabonder dans la pièce.

Moi qui aime tant la lecture, je me demande bien comment j'ai pu acheter ces romans de gare ! Et ce buffet hideux ! Où ai-je pu le dénicher ? Dans une décharge ? Tout m'énerve, ici. Excepté la présence de Julie… et le soleil quand il est là… et le vent de la mer chargé d'embruns… Manger des fruits de mer, ce n'est pas désagréable non plus, accompagnés d'un petit blanc sec… et le calme de l'île… c'est tout de même plus reposant que l'agitation de la capitale ! D'autant que j'en avais bien besoin ! Mais que ce café est infect ! se dit-elle en reposant son bol avec une grimace. Impossible de se fournir en bon café dans ce patelin ! Et inutile de vouloir s'en faire livrer de Royan ou de La Rochelle. Le temps qu'il arrive, j'aurai disparu depuis belle lurette ! Tiens, d'ailleurs, à ce propos, j'espère qu'il fera beau le jour de mon enterrement. Je ne vais tout de même pas être inhumée ici, toute seule ! Il va bien falloir me ramener à Paris et là, question climat… Tous ces gens pleurant sous la pluie, ce sera d'un triste ! Cela dit, il n'y aura pas foule : la concierge de mon immeuble, Clotilde et Brigitte, Mme Madueno, ma pédicure-podologue qui m'aime bien, Pauline ma petite coiffeuse, et Julie bien sûr ! Six, dit-elle en comptant sur ses doigts. Même pas dix personnes. On est peu de chose ! Je laisserai une enveloppe à Julie pour qu'elle puisse tout payer et tout organiser. Quant à ma dernière volonté, puisqu'on est censé en avoir une, je désire simplement être élégante et jolie. J'aimerais aussi que Julie ne révèle pas la cause de ma mort. J'aimerais qu'elle dise que je suis partie tranquillement pendant mon sommeil. J'y tiens. Surtout, ne pas évoquer le mot suicide, qui risquerait de culpabiliser inutilement ceux qui m'aiment, s'il en reste… Aucun regret, aucun remords. Julie aura toute seule ce poids sur les épaules, la pauvre !

Trois coups toqués à la porte tirent soudain Élisabeth de ses réflexions funèbres. Elle ouvre : une gerbe de roses blanches vient s'écraser sur son nez. Déjà les fleurs de mon enterrement ? se demande-t-elle.

« C'est vous, madame Élisabeth ? lance le fleuriste, un jeune garçon aux cheveux roux. Chemin de Ronde, le portail en fer forgé. Madame Élisabeth, c'est bien ici ?

– Oui, oui, c'est bien moi.

– Je n'avais pas beaucoup d'indications mais j'ai réussi à trouver. Vous avez vu, hein ? J'ai réussi ! »

Élisabeth s'empare du bouquet et regarde, étonnée, le petit fleuriste s'éloigner, très content de lui.

D'où viennent-elles ? Serait-ce mon « Robert Redford » ? se demande-t-elle en cherchant une carte à travers la Cellophane. Des roses blanches : pureté des intentions. Elle n'a pas oublié le langage des fleurs. Elle les libère de leur corset transparent, trouve une enveloppe et, avant même de disposer le bouquet dans un vase, l'ouvre fébrilement.

« Chère Élisabeth, je regrette infiniment que nous n'ayons pas pu nous retrouver hier comme prévu. J'espère que vous allez mieux et que ce bouquet vous parviendra

avant votre départ de l'île. Laissez-moi, chère Élisabeth, vous exprimer par ces modestes fleurs l'espoir que j'ai de vous revoir. Je serai là quand vous reviendrez. Car vous reviendrez, n'est-ce pas ? Bien à vous, Édouard. »

Ces lignes la ravissent autant qu'elles la dérangent. Ce « j'espère que vous allez mieux » l'intrigue au plus haut point.

« Je ne lui ai jamais dit que j'étais malade, ni même fatiguée, pense-t-elle à voix haute.

– Tu parles toute seule ? »

Élisabeth se retourne, voit Julie en peignoir rouge qui, manifestement – à en croire la marque de l'oreiller laissée sur sa joue –, vient de se réveiller.

« Regarde qui ose m'envoyer des fleurs. Et surtout, lis ce mot. Tu y comprends quelque chose, toi ?

– Je comprends surtout que c'est un mufle qui essaie de se donner bonne conscience après t'avoir posé un lapin. Voilà ce que je comprends !

– C'est un peu rapide comme déduction. Ton discours ne colle pas avec le personnage. C'est un gentleman, il n'y a aucun doute là-dessus. Pétri de bonnes manières et d'une rare délicatesse, comme l'attestent ces fleurs magnifiques. Cet homme a complètement craqué pour moi, c'est évident ! Mais d'où lui est venue cette idée absurde que je n'étais pas en état de le voir ? Partons à sa recherche, je déteste rester sur un malentendu, et puis ça nous occupera. Il avait l'air d'être connu aux Cols bleus. Là-bas, on nous renseignera.

– Tu dérailles ! s'exclame Julie, hors d'elle. Tu veux t'humilier davantage ? Il ne t'a pas assez bafouée comme ça, tu veux encore te rabaisser ? Tu vois bien que son excuse est inventée de toutes pièces ! C'est un beau parleur doublé d'un lâche, triplé d'un goujat. Je t'interdis de le recontacter ! Tu as mieux à faire de tes derniers moments… Pardon… poursuit-elle d'une voix plus douce. Je voulais dire que… tu vaux mieux que cela.

– Bien, dit Élisabeth en jetant les fleurs à la poubelle. N'en parlons plus ! Je ne veux pas me fâcher avec toi pour cela. Mais je continue de penser que ce n'est pas aussi simple ni aussi clair que tout ce que tu dis. »

– 13 –

Les franges du parasol frémissent sous les assauts de la brise. Allongées sur des draps de bain bleu marine, les deux femmes profitent de la plage et de la température estivale en cette fin de printemps. Elles trouvent l'eau encore trop fraîche pour se baigner et se gardent bien d'imiter les Oléronais, moins frileux, qui nagent sans aucune réticence. Les estivants n'ont pas encore débarqué et la plage est suffisamment calme pour qu'Élisabeth et Julie puissent se prélasser sans être importunées. Le bar des Tamaris est ouvert depuis peu et le Club Mickey finit d'installer ses premiers portiques. Étendue sur le dos, dans son maillot de bain noir, Élisabeth s'est laissé couler dans le sommeil. Sa peau luisante d'huile de monoï commence à dorer ; de temps à autre, Julie vérifie qu'elle n'attrape pas de coups de soleil. Absorbée par son roman, elle-même ne semble pas les craindre et poursuit sa lecture sans s'être protégée.

Quel gâchis ! se dit soudain Julie en regardant Élisabeth. La jeune femme place une immortelle dans son livre en guise de marque-page, le dépose dans son panier en osier et s'engouffre dans ses pensées. C'est si triste qu'il n'ait pas souhaité faire la paix, songe-t-elle. Il passe à côté d'une nouvelle femme. Si seulement il pouvait la voir et l'entendre aujourd'hui ! Mais non, rien à faire, c'était sans appel, il s'était montré intraitable. Quant à moi, je fais de mon mieux. Qu'en restera-t-il ? Je l'ignore. Je vais bien être obligée de l'avertir quand tout sera terminé, l'échéance approche à grands pas. Comme je hais cette idée ! pense-t-elle alors, parcourue d'un frisson. Son départ sera pour moi un véritable déchirement.

Elle effleure le dos d'Élisabeth de manière à la réveiller en douceur, sans y parvenir. Elle la presse alors avec plus de vigueur. Jusqu'à la secouer.

« Je m'ennuie, maman. Tu ne veux pas qu'on aille goûter l'eau ?

– Oui… si tu veux », balbutie Élisabeth, émergeant d'un profond sommeil.

Elle se redresse, aveuglée par le soleil, chausse ses lunettes noires, avale une gorgée d'eau fraîche au Thermos. Elle paraît épuisée malgré ce repos qui aurait dû la requinquer.

« Allons-y ! J'ai besoin d'un petit coup de fouet. Si elle n'est pas trop froide j'irai peut-être barboter. »

Les vagues viennent mourir sur la grève et leur lécher les orteils. Julie avance dans l'eau à petits pas tandis qu'Élisabeth, plus téméraire, se risque jusqu'à la taille. Elle renonce toutefois à s'y plonger tout entière. Elle remonte ses lunettes sur le haut de sa tête pour s'asperger le visage. Un peu d'eau salée entre dans sa bouche.

« Je ne m'aventure pas plus loin, déclare-t-elle. Je la trouve glacée. Quitte à paraître snob, je t'avoue que je préfère la mer des Caraïbes. »

Élisabeth sort de l'eau. Saisie par la différence de température, elle s'empresse de regagner sa serviette. Les gouttes ruisselant sur sa peau lui semblent gelées. Elle a la chair de poule. Elle s'enveloppe dans le drap en éponge, se frictionne de longues secondes.

« Élisabeth ? »

Quelqu'un l'appelle. Elle se retourne et aperçoit une femme qui s'approche. Blonde décolorée, cuite et desséchée comme une biscotte par le soleil, elle est terriblement maigre et paraît sans âge malgré son Bikini rose fluo de lolita.

« Élisabeth, c'est bien toi ?

– Euh… oui… Vous êtes ?

– Tu ne me reconnais pas ? Corinne Guérin, ta copine de fac ! Tu es bien Élisabeth Langlois ? »

Elle n'a pas le temps de répondre que déjà, Julie s'interpose :

« Bonjour Madame. Je peux vous aider ?

– Non, c'est simplement que je viens de retrouver une amie de fac, c'est incroyable ! Tant d'années après ! Je n'en reviens pas ! Je t'ai reconnue à ta silhouette, à ton visage qui n'a pas changé. Ça alors ! Quelle coïncidence !

– Pardonnez-moi, Corinne, mais je ne vous reconnais pas. Ma mémoire n'est pas fiable, depuis quelque temps. »

Élisabeth est ravie que l'on puisse se souvenir d'elle, elle qui ne se souvient plus de personne. Elle dévisage cette Corinne sans que la moindre information parvienne à sa mémoire.

« Je vous présente Julie, ma fille », dit-elle.

Julie semble dérangée par la présence de cette inconnue. Elle aimerait mettre un terme à la conversation, mais celle-ci s'engage entre les deux femmes.

« Je suis tellement heureuse de te revoir ! Et ici, c'est fou ! Toi qui ne jurais que par la Provence !

– Allons prendre un verre au bar, propose Élisabeth. On y sera mieux pour papoter. »

Visiblement contrariée, Julie les suit de mauvaise grâce.

« Qu'es-tu devenue depuis tout ce temps ? demande Corinne d'emblée.

– Tellement de choses, mais… justement je ne sais pas par où commencer… »

Installées au bar des Tamaris, les trois femmes bavardent en buvant des rafraîchissements. Corinne a renfilé sa tunique indienne ornée de bouts de miroir. Julie s'est coiffée de son chapeau de paille et a noué son paréo bleu clair en batik autour de sa taille ; Élisabeth a passé sa robe en voile noire à pois blancs. Corinne se montre volubile. Elle veut tout connaître de la vie d'Élisabeth. À la façon dont elles se parlent, dont elles se regardent, sur ce ton complice et amusé, on devine aisément qu'elles étaient proches l'une de l'autre, qu'elles s'appréciaient beaucoup.

« Raconte-moi tout depuis le début, dit Corinne. Ton mariage avec Rodolphe.

– Tu as connu Rodolphe ? »

Corinne s'esclaffe.

« Enfin Élisabeth… c'est moi qui te l'ai présenté ! »

Julie met les pieds dans le plat.

« Ne lui parlez pas comme si tout était évident, dit-elle à l'adresse de Corinne. Croyez-moi, elle aimerait se souvenir, mais elle ne peut plus.

– Je suis malade, renchérit Élisabeth. Ma mémoire s'effondre. En dehors de quelques souvenirs fulgurants, j'ai tout oublié de mon passé. Je me souviens seulement des dernières années et encore, pas toujours… »

Corinne accuse le coup. Elle aimerait la questionner sur sa maladie, la consoler, mais elle n'en fait rien. Par pudeur. Par délicatesse aussi.

« Mais… tu me dis que c'est toi qui m'as présenté Rodolphe, poursuit Élisabeth, tu en es bien certaine ?

– Et comment ! J'ai même fait tout mon possible pour établir la connexion entre vous.

– Explique-toi. Je pensais l'avoir rencontré en d'autres circonstances », dit Élisabeth en se tournant vers Julie.

Cette dernière reste impassible. Elle continue d'aspirer sa grenadine à l'eau à la paille et ne semble pas se préoccuper de ce qui se dit à cette table.

« Vous vous êtes rencontrés la première fois chez moi. J'avais organisé une petite fête dans mon studio, rue Lacépède. On était une dizaine dans vingt et un mètres carrés, serrés les uns contre les autres, ce qui facilitait les rapprochements. Rodolphe était l'un des invités, vous vous êtes plu instantanément. Le courant est tout de suite passé entre vous, je l'ai bien vu. Le problème, c'est que Rodolphe n'était pas disponible, à l'époque. Ce soir-là, il a dû rentrer tôt chez lui pour rejoindre sa compagne et il t'a laissée seule avec ton coup de foudre. Par la suite, j'ai manœuvré pour que vous puissiez vous retrouver en tête à tête. Je lui ai dit que j'avais réservé une table dans un restaurant pour fêter mon diplôme. Je t'ai conseillé de te faire très belle. Le soir venu, je ne me suis pas pointée à dîner, vous n'étiez que tous les deux. J'avais bien manigancé mon coup ! Il a quitté sa fiancée pour toi et vous vous êtes mariés peu de temps après, alors que je m'étais déjà expatriée. Notre relation s'est malheureusement distendue. Nous ne nous sommes plus jamais revues mais j'ai souvent pensé à toi, très tendrement. Tu es toujours restée dans mon cœur…

– Le jour où tu m'as raconté ta rencontre avec papa, tu devais déjà avoir des problèmes de mémoire, maman, intervient Julie. Ton côté militant, activiste t'aura poussée à embellir l'histoire et personnellement, je préfère ta version que je trouve plus… romanesque.

– Pour tout t'avouer, ma chérie, je ne me souviens absolument pas t'avoir dit quoi que ce soit à ce sujet, et c'est bien dommage…

– Au fait, est-ce que tu as su qu'il était mort ? demande-t-elle à Corinne.

– Qui donc ?

– Rodolphe.

– Oui, j'ai appris ce qui était arrivé : c'est un drame absolu. Lui qui aimait tant la vie. On ne comprend jamais pourquoi…

– Non, dit Élisabeth. Le destin vous cueille sans qu'on s'y attende.

– Je ne l'aurais jamais imaginé… dit Corinne comme pour elle-même.

– Parlons d'autre chose, si vous le voulez bien, l'interrompt rapidement Julie. Vous êtes ici en vacances ? Vous avez une maison ? Vous aimez l'île ? Vous y venez souvent ? »

Julie abreuve Corinne de questions comme si elle voulait l'étourdir. Celle-ci, songeuse, lui répond évasivement. Elle observe Julie à la dérobée, cherchant dans son attitude, sa voix, ses expressions, une ressemblance avec Élisabeth ou un détail qui lui rappellerait Rodolphe, le Rodolphe de sa jeunesse. Peut-être quelque chose dans le regard, cette fossette, cette manière de poser la tête dans sa main lorsqu'elle écoute les gens, peut-être… elle ne sait pas, elle ne trouve pas. Les traits du visage du garçon se sont estompés avec le temps ; elle se souvient surtout de son énergie dévorante, de sa passion pour les chevaux, du plaisir qu'il mettait dans tout ce qu'il entreprenait. La vie, la dureté de la vie a dû se charger de le faire changer, pense-t-elle avec tristesse. Elle garde de Rodolphe et d'Élisabeth l'image de deux amoureux radieux, épicuriens, d'un couple bien assorti. Elle les revoit sur les bancs de la fac, n'écoutant plus le professeur mais se dévorant des yeux, ne prêtant même plus attention à la sonnerie qui annonçait la fin des cours. Régulièrement, ils s'échappaient de l'amphithéâtre pour aller à la cinémathèque voir des films de Renoir ou de Fritz Lang, ou pour déambuler dans les allées des galeries et des musées. Les expositions d'art africain ou maya leur permettaient de voyager par procuration. Ils avaient la passion de la découverte et du départ. Ils n'en étaient jamais rassasiés.

« Eh ! Reviens avec nous ! lance Élisabeth, moqueuse, pour rompre le silence qui s'est installé.

– Oh, pardon, murmure Corinne, j'étais ailleurs ! Très loin dans le passé. Je vous revoyais, Rodolphe et toi, à l'université. J'ai cette vision de vous, toujours en marge des autres, dévorés du désir de tout plaquer et de fuir.

– Pour où ? demande Élisabeth.

– Au bout du monde, sous le soleil de la Casamance ou au pied des moaï de l'île de Pâques. Du moment que vous étiez ensemble. Jamais installés, apatrides, en quelque sorte. Lorsque Clotilde m'a appris que tu avais décroché ta maîtrise de droit et que tu commençais une carrière de juriste, j'ai été stupéfaite. Je m'y attendais si peu ! Tu renonçais à tous tes rêves, je n'ai rien compris. Toi qui voulais tellement devenir nez ! Tu m'avais pourtant affirmé que tu t'arrêterais sitôt ta deuxième année obtenue. La raison l'a emporté, finalement !

– Détrompez-vous, Madame, l'interrompt fermement Julie. Maman a bien été nez, et chez Patou en plus ! Sa carrière de juriste a été de courte durée. Elle n'a pas pu résister à sa vocation, ni à l'appel du large et des senteurs nouvelles. Elle a bien réalisé son rêve ; Clotilde s'est trompée.

– Certainement pas, affirme Élisabeth. Clotilde n'était pas du genre à se tromper, simplement, elle n'a sans doute pas raconté toute ma vie à Corinne.

– C'est curieux, poursuit Corinne, perplexe. On s'est pourtant écrit pendant de longues années. Enfin, passons…

– Oui, c'est préférable, dit Julie. Laissons les morts là où ils sont, avec les souvenirs, et choisissons de célébrer la vie.

– Je m'attendais à entendre ces mots-là de ta bouche », conclut Élisabeth en lui adressant un sourire complice.

– 14 –

Où l'ai-je mis ? Mais où est-ce que j'ai bien pu le mettre ? se demande Élisabeth en fouillant dans sa grande valise pleine d'affaires qu'elle ne dépliera jamais plus.

Elle brasse les vêtements qui tombent un à un sur le tapis, à la recherche de son petit cahier, puis le découvre enfin, caché dans les replis d'une veste. C'est en rangeant de nouveau ses habits dans la valise qu'elle remarque, sur le côté gauche de son bagage, un renflement suspect. Elle tâte le tissu et perçoit sous ses doigts une épaisseur rectangulaire. Intriguée, Élisabeth cherche le moyen d'accéder à ce paquet. Elle enlève une nouvelle fois tous les vêtements, inspecte de tous côtés la valise vide, la retourne, la secoue. Des lettres et des cartes en tombent, s'éparpillent au sol. Une vingtaine, au moins, estime-t-elle à vue de nez. Sur certaines, elle devine une écriture d'enfant, sur d'autres des dessins, sur d'autres encore, jaunies par le temps, une écriture d'adulte cette fois. Un ruban bleu, en soie, qui servait à les entourer, traîne à terre. Élisabeth devrait les ramasser et les lire, mais elle n'ose pas. Pas encore. Comme si elle savait déjà ce qu'elle allait y découvrir. Elle voudrait se tromper, que tout soit simple, limpide, mais elle sait pourtant qu'elle va devoir affronter la réalité ; alors elle les rassemble d'abord, les saisit ensuite, s'assoit sur le bord du lit, et enfin en commence la lecture.

*

* *

De son côté, Julie, qui déteste le désordre et la poussière, décide de lessiver la maison de fond en comble. Une belle journée s'annonce. Elle se sent joyeuse, revigorée, sans en connaître la véritable raison, ce qui, chez elle, est assez rare. Elle savoure ce trop-plein de vitalité qui lui fait passer l'aspirateur à toute allure. Elle en oublie tout le reste : Guinard et sa mère, M. Massé, Corinne… et même Élisabeth. Alexandre aimait la voir ainsi lors de leurs week-ends : exaltée à l'idée de tout nettoyer, de tout ranger, de faire place nette. Elle se levait d'un bond du lit et, toujours en petite tenue, maniait le plumeau et le chiffon avec une énergie débordante. Attendri et serviable, Alexandre cherchait à participer aux tâches ménagères mais elle n'y tenait pas du tout. En récurant les sols et la vaisselle, elle se vidait la tête et se lavait l'esprit. C'était, à l'en croire, plus bénéfique qu'un comprimé de Lexomil. Alexandre, qui la connaissait bien, savait à quel point elle était sujette aux variations d'humeur, à quel point elle pouvait « basculer ». Cette frénésie de ménage comblait un besoin criant de consolation. L'amour sincère qu'il lui portait ne lui suffisait pas, il le savait. Elle avait besoin de plus, toujours plus, et cette impuissance à lui procurer davantage amènerait un jour Alexandre à la quitter, ils ne l'ignoraient pas.

Après en avoir fini avec les différentes pièces du rez-de-chaussée qui brillent à présent comme des sous neufs, Julie décide de s'attaquer aux chambres du premier étage. Pour ne pas déranger Élisabeth qui, certainement, dort encore malgré l'heure tardive de cette nouvelle journée, elle choisit de mettre tout d'abord un peu d'ordre dans le grand placard attenant à la salle de bains. Elle n'y a pas mis les pieds depuis son arrivée sur l'île. C'est un vrai capharnaüm. Des cartons à chapeaux s'entassent à côté de vieilles fripes et de corbeilles en osier. Sur les étagères s'amoncellent des dizaines de bouquins usés à l'odeur de moisi. Au fond, des valises éventrées qui ne serviront plus jamais traînent sur des étoles mitées qui lui rappellent des soirées de fin d'été. Sur des cintres s'alignent des manteaux élimés dont les fourrures pèlent par touffes. Julie entreprend de tout déblayer. Cela lui prendra le temps qu'il faudra, mais elle en viendra à bout ! La jeune femme retrousse les manches de sa chemise de coton, attache à la diable ses cheveux et se déchausse. Ce désordre ne l'effraie pas, au contraire : son ardeur en est décuplée. Elle trie déjà ce qu'elle jettera de ce qu'elle veut conserver. Le palier s'encombre tandis que le débarras se vide.

C'est en tirant vers elle un carton à chapeaux que Julie trouve un sac en cuir aux fermoirs métalliques, semblable à une mallette de médecin. Intriguée, elle l'ouvre car il lui semble neuf et elle ne voit pas à qui il aurait pu appartenir. Ce qu'elle y découvre la stupéfie : des boîtes, encore des boîtes, de médicaments, de somnifères… Assez pour mourir dix fois. Ils sont là, se dit-elle, ils attendent le bon vouloir d'Élisabeth, le moment qu'elle aura choisi. Et moi, là-dedans ? Je suis comme ces cachets. Utilisée. À chacun son tour ; quand ils auront agi, moi, je ne servirai plus à rien et personne ne se souciera de moi. Je suis un pantin dans cette histoire, rumine-t-elle, à la fois furieuse et désespérée. Les sanglots l'assaillent et tout son être se révolte. Bien sûr, elle connaissait les intentions d'Élisabeth. Depuis le début, tout était très clair, mais cette confrontation avec une réalité imminente la bouleverse au-delà de ce qu'elle aurait pu imaginer. Elle aime vraiment cette femme. Elle voudrait compter assez dans son cœur pour qu'elle décide de rester en vie. Elle aimerait, dans un élan de rage, balancer ce poison à la poubelle avec toutes ces vieilleries, ce passé encombrant, et recommencer de zéro avec elle, mais elle sait bien qu'elle ne le fera pas. Elle l'accompagnera jusqu'au bout, elle ne l'a jamais fait avant pour quiconque. Elle ne lui reprochera rien et ainsi, n'aura plus rien à se reprocher à elle-même.

Julie referme le sac et le replace à l'endroit exact où elle l'a trouvé. Ses larmes n'ont pas encore cessé de couler.

*
* *

Contrairement à ce que pense Julie, Élisabeth ne dort pas, elle n'a même pas fermé l'œil de la nuit. Frénétiquement, elle a noirci des pages entières de son cahier, qu'elle a terminé à l'aube. Depuis, elle écrit sur tout ce qui lui tombe sous la main : des Post-it, les dernières feuilles d'un bloc de correspondance oublié au fond d'un tiroir de commode… Elle a mis un point final à son récit. Tout est là, au cœur de ces pages. Certes, il y a bien encore quelques zones obscures où elle n'ose pas trop s'aventurer, mais l'essentiel lui est revenu de ce qu'elle croit être sa vérité, et c'est très bien ainsi. Elle ne partira pas plus heureuse pour autant, mais elle quittera ce monde apaisée. Sa mémoire a été conciliante : elle lui a fait la grâce de lui insuffler des bribes de cette vie qu'elle pensait avoir totalement oubliée. Élisabeth sait cependant qu'il s'agit d'un sursis : dans quelques jours, elle aura de nouveau tout occulté. La tumeur aura fait disparaître les derniers lambeaux de sa mémoire. C'est une faveur, aussi, magnifique. Et de cela, elle est reconnaissante à qui de droit : à Dieu, au destin, au hasard, elle l'ignore et elle s'en fiche.

Dans quelques semaines, tout au plus, quand sa mémoire la trahira encore, qu'elle oubliera tout sauf les derniers instants, elle sera de nouveau assez naïve pour croire qu'elle a de la valeur ; elle connaît aujourd'hui ses failles, ses manquements, ses grandes faiblesses, et cette pensée la comble d'autant plus qu'elle aurait détesté finir dans l'illusion. Tous ses proches l'ont quittée d'une manière ou d'une autre ; il est temps pour elle de baisser le rideau. Elle l'a décidé : c'est pour aujourd'hui. Elle ne posera plus de questions, elle s'en ira sur la pointe des pieds, avec discrétion. Elle aime l'élégance et la pudeur des départs sans effusions.

Une dernière petite chose à vérifier, cependant, se dit-elle en descendant l'escalier. Elle profite de ce que Julie soit sous la douche pour gagner le vestibule. Elle a l'habitude de le poser là, pense-t-elle. Sur la console se trouve le sac à main de la jeune femme. Elle l'ouvre, fouille rapidement dedans, s'empare du portefeuille, sourit à la vue de ce qu'elle y découvre et qu'elle pressentait.

– 15 –

« Pour rien au monde je n'aurais manqué cela », murmure Élisabeth, les yeux perdus vers l'horizon.

Assises sur un banc au sommet d'une falaise, les deux femmes regardent le soleil se fondre dans l'océan. La montée a été rude pour parvenir jusqu'ici, mais Élisabeth tenait à vivre ce spectacle depuis le point culminant de l'île, là où la vue est la plus dégagée, vierge de toute présence. Elles ont grimpé si haut qu'elles pourraient presque toucher les nuages rosés par le crépuscule. Ici, au moins, elles ne risquent pas d'être observées.

Après une journée passée dans la quiétude et le repos, Élisabeth, tout à coup, avait pressé Julie d'enfiler un trench et de l'accompagner jusqu'au bout de l'île, le bout du monde, là où la terre s'arrête. Elle avait repéré cette falaise le soir de leur arrivée, quand Julie lui avait proposé de s'asseoir sur la digue. Déjà, elle savait que cet endroit compterait. Julie l'avait suivie sans broncher, l'avait soutenue pendant l'ascension, mais pas une fois elle n'avait osé lui poser de questions. Les réponses lui faisaient bien trop peur. Que sera demain ? se demandait-elle. De quoi sera-t-il fait ? Avec qui le partagerai-je ?

Les deux femmes étaient parvenues jusque-là à bout de souffle, alors que le jour s'effaçait pour laisser place à la nuit qui tombait vite, ici… Elles s'étaient installées sur ce banc qui dominait la mer afin de reprendre des forces. Quelques minutes plus tard, Élisabeth avait brisé le silence par des bavardages intempestifs. Tout lui parlait, tout l'intéressait : de l'écume des vagues aux frémissements des feuilles des arbres, de la langrotte apeurée aux cagouilles indolentes, tout retenait son attention. Loin d'être exaspérée par ce flux de paroles, Julie l'écoutait, consciente qu'elle avait besoin de combler une urgence : celle d'observer ce qui l'entourait, d'emmagasiner un maximum de sensations, d'émotions, avant de les emporter. Elle comprenait que le vent tournait.

Le soleil avait décliné, le ciel était devenu rouge. La puissance du paysage rendait cet instant fragile presque irréel.

« C'est sublime, tu ne trouves pas ? demande Élisabeth.

– Oui, acquiesce Julie, mais il y a toujours beaucoup de mélancolie dans ces moments-là, comme si tout s'éteignait et que la nuit allait tout engloutir.

– Non, se récrie Élisabeth, pas de larmes ni de plainte ! Il y a bien trop de beauté autour de nous pour qu'on s'abandonne au dolorisme. Et d'ailleurs, tu fais partie de cette beauté-là. C'est pourquoi tu te dois de vivre pleinement ce que tu es et ce que tu as, au lieu d'attendre toujours mieux. Je t'assure, ma fille, crois-moi, fais le choix de la vie et tâche de ne jamais suivre mon exemple : épargne ceux qui t'entourent et qui t'aiment.

– Mais enfin… tu as toujours été…

– Non, s'il te plaît, je te demande de me laisser parler encore un peu. Je sais très bien ce que je dis, laisse-moi t'expliquer. »

Julie se tait, frissonnante à l'idée de ce qu'elle ne souhaite pas entendre.

« Tout d'abord, je ne pourrai jamais assez te remercier pour ces quelques jours que nous avons passés ensemble et ces dernières années que tu m'as entièrement consacrées. Tu as fait preuve à mon égard d'un dévouement sans borne, tu t'es montrée patiente, fidèle, bienveillante. J'ignore pourquoi, mais tu l'as été. Et cet amour – parce qu'il s'agit d'amour, n'est-ce pas ? – m'a rendue meilleure et plus aimante, aussi. Je ne sais plus grand-chose de toi, malheureusement, je n'ai aucun souvenir de toi petite, tu le sais ; je m'en suis beaucoup voulu au début, mais maintenant tout s'est apaisé en moi. Ne subsiste à présent que l'amour sincère, profond et sans faille que je te porte. Je te vois retenir tes larmes… je ne veux pas que tu pleures. Au contraire, je veux que tu continues de sourire, de rire, de chanter, de célébrer la vie et d'aller de l'avant. Ne passe pas à côté de l'essentiel.

– C'est quoi, l'essentiel ?

– Cesser de courir inutilement et surtout à sa perte. Se satisfaire de ce que vous offre l'existence, s'aimer davantage et ne jamais craindre de dire aux autres à quel point on les aime quand il est encore temps. Sinon ils partent, d'une façon ou d'une autre.

– Mais toi, tu n'es pas obligée de partir ou de me laisser. Tu peux renoncer. Pourquoi devrais-je choisir de rire, de chanter, de danser, de continuer et toi, non ?

– Parce que toi, il te reste l'espoir, alors que moi je l'ai perdu depuis longtemps. Tu as tant à bâtir, à entreprendre, à détruire aussi peut-être, mais pour reconstruire. Tout à faire, en somme. Moi je n'ai plus aucune perspective, excepté celle de l'oubli. Et au-delà de la maladie, nous savons pertinemment toutes deux qu'une vie ratée ne se rattrape guère. Mais trêve de grands discours ; ne tombons pas dans le mélo, je déteste ça ! »

La lumière du phare l'interrompt à point nommé, éclairant tantôt l'horizon, tantôt le dernier bateau qui rentre au port. Les deux femmes se taisent à présent, plongées dans leurs pensées. Elles ne se doutent pas qu'il s'agit des mêmes. La nuit s'est installée, profonde, opaque. Élisabeth lève la tête vers le ciel constellé d'étoiles.

« Je reconnais la Grande Ourse, dit-elle en la désignant. Est-ce que je t'ai appris, lorsque tu étais petite, à reconnaître les constellations ? Parce que moi, je ne me souviens plus que de celle-ci.

– Oh, une étoile filante ! s'exclame Julie. Tu l'as vue ? Il y en a toujours beaucoup, ici.

– Une autre ! s'écrie Élisabeth. Faisons un vœu. C'est maintenant ou jamais. »

Julie se concentre. Tout son visage se crispe, ses yeux se ferment. Élisabeth se contente de sourire doucement. Elle observe Julie à la dérobée, amusée de la voir si appliquée.

« Quel est donc ce souhait qui te met dans un tel état ? lui demande-t-elle.

– Je ne peux rien dévoiler, sinon je ne serai pas exaucée, c'est la règle. Toi non plus, tu ne me confierais pas le tien, n'est-ce pas ?

– Bien sûr que si ! Je ne suis pas aussi superstitieuse que toi et puis surtout, je n'en suis plus là ! »

La conversation est devenue plus légère, l'atmosphère plus détendue. Le calme avant la tempête. La peur a déserté, l'angoisse aussi. Tout est parfaitement à sa place. Plus rien n'est subi.

« Mon vœu te concerne, tu t'en doutes bien, ma fille. »

Ces mots, « ma fille », saisissent Julie autant qu'ils la bouleversent. Elle ne se lasse pas de les entendre.

« Je souhaite de tout mon être ton bonheur, poursuit Élisabeth. Peu importent tes choix, tes décisions, tes rencontres, tes départs... pourvu que tu sois heureuse. Pleinement, simplement heureuse.

– Merci maman, murmure Julie, chamboulée par ces paroles. C'est grâce à toi que je commence à l'être. Avant, tu l'as peut-être oublié, mais j'étais perdue, isolée, sans envies, sans projets. J'étais comme ce bateau dans la nuit, loin du phare qui le guide. Totalement paumée, profondément triste. Tu m'as redonné le goût de la vie. On s'est cherchées longtemps toutes les deux, on s'est retrouvées un peu tard, certes, mais on s'est retrouvées. Je sais que je vais continuer sur des bases plus solides. J'ignore si je te l'ai déjà dit, mais... je t'aime de tout mon cœur. Je t'aime infiniment.

– Moi aussi, dit Élisabeth en serrant tendrement le bras de Julie. Et tu sauras à quel point lorsque tu auras lu les lignes consignées dans mon cahier noir.

– Ce cahier dans lequel je te vois écrire depuis plusieurs jours ?

– Oui, ce petit cahier noir en moleskine. Tu le trouveras dans ma chambre, sur ma table de chevet. Écrire m'a été précieux, inestimable. C'est en écrivant que j'ai tout compris.

– Compris quoi ?

– Sois patiente, tu le découvriras en le lisant. Tu devrais y aller, maintenant.

– Non, je reste, je ne te laisse pas. Il n'en est pas question !

– Puisque tu me soutiens que tu m'aimes, alors vas-y, va-t-en !

– Tu me chasses ?

– Oui, évidemment. C'est ce dont nous étions convenues : le jour où je te le demanderais, tu me laisserais seule. »

Le silence retombe. Figé. Élisabeth et Julie ne parviennent même plus à se regarder. Elles se jettent dans les bras l'une de l'autre et s'étreignent longuement. Lorsqu'elles se détachent enfin, elles se sourient tristement.

Élisabeth caresse les cheveux et la joue de Julie sans mot dire. Celle-ci la quitte, le cœur lourd. La jeune femme avance dans l'obscurité sans se retourner. Hagarde, assommée. Au bout de quelques mètres, elle ne résiste pas à l'envie de se cacher. Elle revient à pas de loup, avise un arbre derrière lequel elle peut épier sans être vue. De là, elle distingue parfaitement dans la nuit Élisabeth qui n'a pas bougé et reste immobile sur son banc comme une statue de sel. De longues minutes s'écoulent avant qu'elle attrape son sac posé à ses pieds. Elle passe ses mains autour de son cou, détache le fermoir de son collier et le dépose dans son sac. D'où elle est, Julie remarque le point rouge d'une cigarette qu'Élisabeth porte à ses lèvres. Elle la fume lentement, calmement, puis soudain se lève, marche droit devant elle sans s'arrêter jusqu'au bord du précipice et de là, se laisse tomber sans un bruit.

– 16 –

Une fois de plus, Julie a fait le nécessaire. Elle s'est occupée de tout : de prévenir les pompiers, la police, laquelle a trouvé dans le sac d'Élisabeth un mot écrit de sa main expliquant son geste. Les autorités compétentes se sont montrées très efficaces. Le corps a été découvert peu de temps après l'alerte que Julie a donnée, il a été transporté sur le continent et laissé à la morgue avant d'être acheminé vers Paris. Julie est restée stoïque, sans une larme. Elle a suivi les opérations de loin, en spectatrice. Ce n'était plus à elle de s'occuper d'Élisabeth et même quand le médecin a signé le constat de décès, elle n'a rien ressenti et s'est tue. Tous sont partis et elle est restée seule, comme avant. Aux questions de savoir où et quand auraient lieu les obsèques, Julie avait simplement répondu que la famille s'en occuperait.

« Vous n'en faites pas partie ? », lui avait demandé le médecin.

La maison, plongée dans le noir, lui paraît soudain glaciale et le seuil infranchissable. Elle y pénètre avec appréhension. Les pièces lui semblent plus vastes, plus vides. Comme elle, qui se sent vide, perdue. L'absence d'Élisabeth est partout, elle emplit la maison. Sans réfléchir un instant, Julie monte dans la chambre d'Élisabeth pour y chercher le cahier. Elle s'en empare sur la table de chevet, respire son odeur, l'ouvre, laisse tomber une enveloppe qui s'en échappe. Curieuse, Julie la ramasse ; en lisant le nom du destinataire, elle se sent défaillir. Bien que tenaillée par l'envie de l'ouvrir, elle y renonce. Par amour et profond respect pour Élisabeth. Dévorée d'envie de connaître le contenu du cahier, elle s'installe sur le lit, allume la lampe de chevet et se plonge dans le récit. L'écriture régulière, fine, appliquée, noircit des pages entières, court sur des bouts de papier volants rajoutés. À la lecture des premières lignes, Julie comprend tout. Elle pose la main sur sa poitrine pour calmer son cœur qui cogne. Tout s'écroule autour d'elle, lui semble-t-il, comme si elle était une petite fille soudain démasquée. Haletante, elle tourne les pages. Ce qu'elle y découvre nourrit son malaise.

« Elle a tout deviné, tout compris. J'ai tout raté », murmure-t-elle avant de s'écrouler, en pleurs.

Julie part se rafraîchir dans la salle de bains. Sur les tablettes de verre, les affaires d'Élisabeth sont alignées comme si elle allait revenir et s'en servir à nouveau. Son eau de toilette, son lait hydratant, sa poudre de riz, sa brosse à cheveux. Julie s'asperge le visage d'eau froide pour tenter de remettre ses idées en place. En vain. Ces deux chocs successifs sont trop durs à encaisser. Elle retourne, chancelante, dans la chambre, pour y relire ce qu'elle a déjà lu et vérifier qu'elle n'a pas rêvé.

*

« Je ne sais pas pourquoi Julie a agi ainsi ; tout ce que je sais, c'est qu'elle a été guidée par l'amour. Rien que par l'amour. À plusieurs reprises, alors que ma mémoire se faisait plus clémente, plus docile, et que certaines évidences m'apparaissaient, j'ai été tentée de lui demander pourquoi. Mais par amour pour elle, moi aussi, j'ai décidé de ne rien lui dire. D'après les médecins, la maladie me laissait peu de chances de recouvrer le moindre souvenir et cependant… certains, plus tenaces, ont resurgi et, petit à petit, tout est devenu clair, limpide. Je n'ai jamais parlé de ces réminiscences à Julie. Jamais. Je ne l'ai pas prévenue. C'est la première fois, je crois, que je fais preuve d'abnégation, de générosité, que je fais passer quelqu'un d'autre avant moi. Toute ma vie – et je sais à quel point Julie a tout mis en œuvre pour l'embellir – j'ai agi en égoïste, avec une légèreté insolente et un manque absolu de considération pour les miens, qui en ont souffert. Julie a été formidable, elle s'est acharnée à faire de moi quelqu'un d'autre, quelqu'un de bien, et elle aurait pu y parvenir si ma mémoire avait été moins vaillante. Mais je ne regrette pas une seconde de partir en ayant conscience de ce que j'ai été et de tout le mal que j'ai pu commettre, car cela me donne ici l'occasion de me racheter.

Oui, c'est vrai, j'ai commis bon nombre d'erreurs. L'une des plus importantes, sans doute, fut de penser que je pouvais tout abandonner pour Marc. Je l'ai fait d'ailleurs, j'ai quitté ma famille pour lui sans hésitation, sans vergogne.

Julie a voulu romancer cette liaison, la magnifier en une somptueuse histoire d'amour, alors que la réalité était bien plus banale. Médiocre, en somme. Seuls les débuts ont été idylliques. La suite a été ordinaire et la fin pitoyable. J'ai tout oublié de notre rencontre, de notre premier regard, de notre premier échange. Je ne sais pas qui a fait le premier pas, je ne me souviens pas de ce que j'ai ressenti en le voyant lors de cette soirée, si toutefois cette soirée a véritablement eu lieu. Ce que je sais, ce sont les traits de son visage, les intonations de sa voix quand il susurrait à mon oreille, la façon qu'il avait, bien à lui, de tenir sa cigarette en la laissant se consumer au bout de ses doigts. Il ne craignait pas le froid ; jamais il ne boutonnait ses manteaux, même en plein hiver. Il avait une manière de rire fantasque et jolie, en inclinant la tête de côté, et tant d'autres détails qui m'ont séduite et ont fini par m'emporter. Tout le reste a été aboli, du moins le temps qu'a duré cette histoire. Je crois bien que Rodolphe n'existait plus, ni personne d'autre. J'avais fait le vide autour de moi sans une once de culpabilité. C'est bien cela l'égoïsme, n'est-ce pas ? Tout quitter pour suivre l'homme de sa vie, quoi de plus splendide, et à cela je ne trouve rien à redire, mais abandonner ses proches sans l'ombre d'une explication et sans même se soucier de ce qu'ils vont devenir, voilà qui est déplorable ! C'est pire qu'une trahison et j'en suis coupable ! Pas une seconde leur douleur ne m'a retenue, pas une seconde je n'ai envisagé, par respect pour eux, d'agir correctement. Non, je me suis défilée comme une voleuse. Cette nuit-là, j'ai fait mes valises discrètement, j'ai franchi le seuil de la maison à pas de loup pour ne réveiller personne et je suis partie en claquant la porte vivement. Et en souriant, qui plus est ! Cela, je m'en souviens comme si c'était hier. De même que je me souviens d'avoir poussé la porte de chez moi en larmes, quelque temps plus tard, mes deux valises au bout des bras. Misérable d'avoir été plaquée comme une moins que rien et sans espoir que cela s'arrange. Quel spectacle pathétique j'ai offert aux miens, ce jour-là, quand j'ai franchi de nouveau le seuil pour regagner mes pénates. Ils étaient là, à croire qu'ils m'attendaient, mais n'ont eu aucune réaction en me voyant. Rien. Pas même un reproche.

Certains flashs me reviennent : une balade à Saint-Jean-Cap-Ferrat, une couchette dans un train de nuit qui nous emmenait à Venise, ce livre que nous avons lu à tour de rôle au coin du feu… Je crois bien qu'il s'agissait d'un roman de Scott Fitzgerald, *Tendre est la nuit* peut-être… ces coupes de champagne avalées au petit déjeuner le matin, ces cris de jouissance qu'il m'arrachait quand nous faisions l'amour. Mon Dieu, que je l'aimais, si vous saviez comme je l'aimais ! Et à quel point j'ai souffert ce jour maudit où je me suis retrouvée sur le quai de gare d'une ville de province. Dévastée de chagrin, les bagages à mes pieds. "Tire-toi et tout de suite ! m'avait-il lancé à la figure une heure auparavant, la bouche tordue de mépris, le regard mauvais. Tu me bouffes la vie, je ne te supporterai pas une seconde de plus ! Dégage, retourne chez toi ! Et maintenant ! Et puis pas de jérémiades, s'il te plaît, je n'ai aucune explication à te donner. Je n'en peux plus, c'est tout !" La raison de cette rupture ? Je ne la connais pas et je m'en moque, en vérité : peut-être avais-je des torts, peut-être était-ce sa faute, peut-être était-ce l'ennui, tout simplement. Quoi qu'il en soit, sa décision était irrévocable. Je ne me suis pas battue, c'était perdu d'avance.

Et plus tard, j'ai compris qu'entre Rodolphe et moi c'était perdu aussi. Au début, j'ai bien senti qu'il jubilait de me voir ainsi humiliée. De cela, je me souviens parfaitement. Tous ses gestes, toutes ses réactions, tous ses regards me montraient un peu plus chaque jour que j'étais coupable, que j'avais eu tort. Je m'attendais à ce qu'il se venge, à ce qu'il me le fasse payer, d'une façon ou d'une autre. Même pas. L'indifférence avait pris le pas sur l'amour. Je ne l'intéressais plus, du moins le croyais-je. En fait, il souffrait en silence, il se débattait avec son désespoir sans jamais rien laisser paraître. Et moi, encore une fois, je n'ai rien vu, tout accaparée que j'étais par ma propre personne, mon propre chagrin. Pétrifiée encore dans mon histoire avec Marc. Ce qui a été intolérable et fatal pour Rodolphe, c'était que je revienne non par manque de lui, mais par obligation. C'était évident. Tout, dans mon attitude, indiquait que j'étais là sans y être. Présente et cependant cruellement absente. Matthieu, lui, me condamnait par son silence irrévocable. Les rares fois où il m'a adressé la parole, il ne s'est pas répandu en griefs ou en reproches, il m'a fait savoir simplement, d'un ton très froid, en articulant clairement, qu'il n'avait plus rien à me dire, qu'il avait perdu sa mère le soir où j'étais partie lâchement et qu'il se moquait éperdument que je sois revenue.

Le cours de la vie a repris parce qu'il le fallait bien, mais l'atmosphère qui régnait parmi nous était devenue pesante, irrespirable, empreinte d'une hostilité sourde. Je n'osais plus ni rire, ni pleurer, ni revendiquer la moindre envie, la moindre émotion. J'étais devenue une étrangère au sein de mon foyer. En trop. Mes seuls moments de paix, de répit, je les trouvais en travaillant, en rejoignant mes collègues au cabinet : Geneviève la juriste, Jacques l'avocat pénaliste, Margaux la secrétaire que l'on surnommait affectueusement Gogo. C'est fou, c'est bouleversant de constater à quel point l'écriture délivre la mémoire. Des souvenirs que je croyais morts, enterrés, resurgissent sans que j'y prenne garde. Sans effort. Pourquoi maintenant ? À quelques jours d'en finir ? Comme si un sursis m'était accordé. Je suis une condamnée dans le couloir de la mort et cette chance m'est octroyée comme une grâce divine. Moi qui n'ai jamais cru en Dieu… J'ai cessé de sombrer dans l'oubli. Cette femme amorphe, éteinte, que j'allais devenir, a disparu. Ce regain de mémoire m'a ressuscitée et ce souffle de vie m'accompagnera jusqu'à la fin.

Comme je l'ai écrit plus haut, mon travail me permettait d'échapper à l'ambiance infernale de ma vie de famille. Jacques n'était pas le dernier pour raconter des blagues, et Margaux avait un cœur gros comme le monde. Je me suis lancée à corps perdu dans mon métier de conseillère juridique et je remercie Julie d'avoir voulu me faire croire que j'étais autre chose. Elle y est parvenue un temps. L'idée d'être nez me passionnait, et celle d'avoir créé le parfum "Chrysalide" plus encore, mais rendons à César ce qui est à César. Malgré mon désir ardent d'exercer cette belle profession, je n'ai jamais eu ni l'audace ni le courage de franchir le pas. Ma seule expérience des fragrances se résume aux heures passées dans les grandes parfumeries à les sentir une à une. Julie sait à quel point je suis sensible aux odeurs et combien j'aurais aimé leur consacrer ma vie. Encore une fois, je suis touchée par le fait qu'elle ait embelli mon histoire. »

*

Le cahier tombe sur le tapis, mais Julie ne réagit pas. Elle ne s'est pas aperçue qu'il lui a échappé des mains tant celles-ci tremblent. Elle est en apnée. Sonnée. Elle se dit que ce n'est pas possible, qu'elle a mal lu, que la douleur d'avoir perdu Élisabeth l'égare. Elle a l'impression de chuter dans un puits. Elle ne parvient pas à croire que ces lignes ont été écrites de la main d'Élisabeth, qu'elle a pu coucher ces mots sur le papier. La stupeur se lit sur son visage ; elle se sent vieille tout à coup. Machinalement, elle se baisse pour ramasser le cahier noir et le respire à plein nez dans l'espoir de retrouver un peu du parfum d'Élisabeth, mais les pages n'exhalent qu'une odeur de papier frais. Elle pose ses mains dessus comme pour en capter les vibrations. Dans une quête désespérée, la jeune femme cherche, à travers ces feuilles, à retenir un peu de ce qui subsiste d'elle. Elle sait à quel point ces pages sont imprégnées de sa présence. Julie croit à ces phénomènes : à la vie après la mort, à l'au-delà, à la survivance de l'âme. Elle se refuse à penser qu'Élisabeth deviendra poussière et rien de plus.

Julie reprend sa lecture, oubliant faim, soif et fatigue. Le temps est suspendu, elle avec. Rien d'autre ne l'anime que le désir de lire encore.

*

« Margaux était devenue ma confidente, et Jacques, une sorte d'ange gardien. Sans jamais m'avoir posé la moindre question, il comprenait mon désespoir. Il s'est toujours montré plein de tact, de délicatesse et d'humour à mon égard.

Quant à Margaux, elle a supporté, stoïque et bienveillante, toute ma litanie de doléances sans manifester le moindre signe d'agacement. À chaque pause-déjeuner, quand je me retrouvais avec eux, la vie reprenait des couleurs et moi, le temps d'une heure, j'oubliais ma vie conjugale, devenue un champ de ruines. Avec Rodolphe, nous ne nous faisions plus la guerre, mais quant à faire l'amour… il ne supportait plus de poser ses mains sur ce corps qu'un autre avait possédé, d'embrasser ces lèvres qu'un autre avait baisées, et l'idée même de me désirer lui était insupportable. Ce n'était plus sa femme qu'il regardait, mais une étrangère qui s'était offerte, avait appartenu à son amant. Autrement dit, une moins que rien.

Je ne me souviens que d'une nuit. Une nuit terrible, atroce. Je ne sais plus qui a fait le premier pas, mais toujours est-il que nous nous sommes retrouvés dans la chambre à nous déshabiller furieusement, sans un mot, sous l'emprise d'un désir immédiat, impérieux : celui des peaux qui se touchent, des mains qui s'empoignent, des lèvres qui se rejoignent, des corps qui s'enchevêtrent. Un désir animal, primitif. Sans douceur et, pour ma part, sans plus d'amour. Rodolphe m'a renversée nue sur le lit sans rien dire, ni jamais croiser mon regard. Le sien scrutait mon corps qui n'était plus qu'un objet de satisfaction, de soulagement. Il s'est allongé sur moi, il m'a pénétrée sans égard, avec une brutalité qui ne lui ressemblait pas, puis il a plongé enfin ses yeux dans les miens et ce que j'y ai lu m'a terrifiée. Il ne me faisait pas l'amour, il me baisait avec moins de considération que si j'avais été une pute. Il a joui sans se soucier de mon plaisir, s'est retiré et a quitté la pièce sans se retourner.

Je me suis sentie si misérable, si seule, si sale, avec cette impression de n'être qu'un déchet ! Peut-être ai-je inconsciemment désiré cet opprobre. Il me fallait oublier ou mourir, ce qui revient au même. J'ai regardé Rodolphe quitter la chambre et, avec lui, j'ai vu toutes nos années de bonheur s'envoler. Je sais que nous avons été heureux ensemble. Il était de ces personnes qui ignorent à quel point elles sont belles. Le contraire exact de ce que j'étais : généreux, humble, altruiste, aimant sans condition. Un être magnifique. Si merveilleux qu'il a toujours pardonné mon égoïsme, mon intransigeance, la sécheresse de mon cœur, mon incapacité à être une mère présente, une épouse attentionnée. Il m'a tout pardonné, sauf la trahison. De cela, il ne s'est jamais remis. Il était devenu l'ombre de lui-même, une ombre d'homme. Il s'enfermait à double tour des heures entières dans son bureau pour que personne ne vienne le déranger. Même Matthieu ne parvenait plus à l'atteindre. Quand il frappait à sa porte, ses sollicitations restaient vaines. Rodolphe ne répondait plus, ni à nous, ni aux lettres qui lui étaient adressées, il ne communiquait plus. Il n'allait plus travailler, il s'était coupé de tout et de tous au point de ne plus ressentir ce besoin vital de sortir prendre l'air ou de goûter aux rayons du soleil. À la maison, il m'est arrivé à plusieurs reprises de coller mon oreille contre la porte de son bureau pour tenter de percevoir un signe de vie, un bruit, un son, quelques notes de musique. Rien. Seul le silence me revenait en écho. Un silence douloureux, abominable. À la tombée de la nuit, il s'extrayait de son antre, s'avançait mécaniquement jusqu'à la cuisine, adressait au passage un sourire triste à Matthieu comme pour mendier son pardon et lui certifier son amour, ponctionnait dans le réfrigérateur des restes du dîner puis repartait, plateau en mains, s'enfermer à nouveau. Moi je n'existais plus pour lui, ou bien trop encore. Peut-être attendait-il le moment où j'allais travailler pour se décider à vivre un peu. Que faisait-il de ses journées, de ces heures qui devaient lui sembler interminables ? Je n'ai eu de cesse de me le demander sans jamais obtenir la moindre réponse. Pauvre de lui ! Et pauvre Matthieu qui attendait son père des jours entiers, qui espérait tant le retrouver ! Pourquoi, à ce moment-là, n'ai-je pas eu l'intelligence de les laisser tous les deux, de m'éclipser pour m'installer ailleurs, tout près, mais ailleurs ? Une fois de plus, mon égoïsme l'a emporté. Peut-être cela aurait-il suffi pour que Rodolphe recouvre le goût de vivre, de redevenir père, de s'occuper de Matthieu. Ma seule consolation est d'imaginer qu'ils se rapprochaient lorsque je m'éloignais. Parfois, exprès, je m'attardais au travail pour leur laisser du répit. Parfois aussi, j'ouvrais la porte d'entrée au moment où Rodolphe, lui, fermait la sienne. Et chaque claquement de porte était une gifle que je recevais en plein visage et en plein cœur.

Et puis un jour… sa porte est restée close si longtemps que cela nous a inquiétés tout d'abord, affolés ensuite. Matthieu est venu me trouver pour la première fois depuis mon retour. Il réclamait mon aide. Comme tout me revient avec une netteté implacable au moment où j'écris ces lignes ! Non, ma Julie, malgré ce que tu m'as raconté, Rodolphe n'est pas mort dans un accident de voiture. Matthieu m'a suppliée d'intervenir : son père était cloîtré depuis plus de vingt-quatre heures. Il n'était même pas réapparu durant mon absence. Ce n'était pas normal. Que fallait-il faire ? Nous avons eu beau cogner, taper, supplier, crier… Aucune réponse. Le pire était annoncé. Nous avons trituré la poignée en tous sens ; Matthieu tremblait ; nous nous sommes armés d'outils divers : couteau, tournevis, cintre désarticulé… tout y est passé. À force de patience, de ténacité, nous sommes enfin parvenus à faire céder la serrure. La porte s'est ouverte… sur une vision de cauchemar. Rodolphe s'était pendu. »

*

Julie, les yeux baignés de larmes, relève la tête. Amorphe, trahie. Elle éprouve un affreux sentiment d'échec. Elle qui était persuadée d'avoir mené à bien son dessein se retrouve dupée, flouée. Elle voulait tant faire d'Élisabeth une belle personne et de sa vie une belle histoire ! Elle avait déployé tant d'énergie, tant d'amour, tant de courage ! Pour rien. Élisabeth savait tout, elle avait tout compris.

Depuis quand ? se demande-t-elle. Les médecins lui avaient pourtant bien spécifié que la mémoire d'Élisabeth était perdue, qu'il lui serait impossible de retrouver les souvenirs lointains. C'était pour cette raison que toutes deux avaient choisi de séjourner sur l'île. Pour cette raison qu'Élisabeth avait décidé d'en finir, et encore pour cette raison que Julie avait accepté de l'accompagner dans cette ultime démarche. Alors quoi ? Déchirée entre la colère et la tristesse, entre un profond sentiment d'impuissance et le regret de n'être pas parvenue à ses fins, Julie n'ose poursuivre sa lecture. Que va-t-elle découvrir encore ? Élisabeth avait-elle tout deviné, ou s'agissait-il seulement de quelques souvenirs isolés au cœur d'une existence opaque ? Mal à l'aise, tendue, Julie ressent soudain le besoin de fumer une cigarette, elle qui a arrêté de fumer depuis dix ans. Elle se souvient du paquet qu'Élisabeth avait laissé dans son sac dont elle s'empare nerveusement, elle fouille dans les replis en cuir, allume une blonde, aspire la fumée comme une bouffée d'air frais, se calme à mesure que la cigarette se consume. Machinalement, elle plonge de nouveau la main dans le sac où règne un joyeux désordre, en inspecte le contenu. Malgré la situation, Élisabeth n'avait rien perdu de sa coquetterie. Rouge à lèvres, miroir, poudre et bien d'autres produits de maquillage traînent au milieu du fourbi. Un agenda rouge attire l'œil de Julie. Elle le feuillette mais il est vierge de toute annotation, excepté, à la date du dimanche précédent où figure une liste mystérieuse :

– Édouard Buisson
– Carole Bretner (chaussures)
– Suchet = David Suchet
– Belle du Seigneur
– Catane
– JULIE

Julie manque défaillir. « C'en est trop ! », s'écrie-t-elle en jetant l'agenda au fond du sac. Elle voudrait que ce cauchemar cesse sur-le-champ, elle voudrait n'être jamais venue ici avec Élisabeth, que tout cela n'ait jamais eu lieu et qu'on lui fiche la paix, maintenant !

« Quelle conne j'ai été ! », murmure-t-elle.

Ses larmes coulent, à présent ; son ventre se noue. Elle maudit Élisabeth, les médecins, Guinard, Buisson, la terre entière. Je n'ai rien demandé à personne, moi, accuse-t-elle. Je suis la victime une fois encore. Eh bien qu'ils se débrouillent avec l'enterrement, ce n'est plus mon problème !

Julie abandonne le cahier noir sur la table de chevet. Elle n'a pas envie d'en apprendre davantage.

– 17 –

Elle s'est endormie d'un bloc sur le canapé du salon, devant la télévision en marche. Elle ne s'est pas sentie sombrer dans le sommeil et lorsqu'elle s'est réveillée au petit matin, le poste continuait de scintiller. Le temps lui semble lourd, suspendu ; tous ses repères ont disparu avec l'aube. Sa nuit a été agitée, peuplée de visions tourmentées dans lesquelles tout se mélangeait : Guinard apparaissait au bras d'Élisabeth ; Matthieu, pendu, se balançait au bout d'une corde, un rictus aux lèvres ; Édouard Buisson, en juge, la condamnait dans un prétoire et Rodolphe la serrait très fort dans ses bras en pleurant. L'enfer, quoi ! Avec le jour, les notions de rêve et de réalité s'entremêlent. Ne subsiste en elle qu'une sensation de malaise et de perdition. À cet instant, le manque d'Élisabeth lui revient en pleine figure comme un boomerang. Le silence a pris toute la place. Mon Dieu, comme elle l'aimait ! Elle n'aurait jamais imaginé à quel point ! Et elle l'aimait pour elle, sans retenue, pour tout ce qu'elle était et non pas pour se guérir, pour panser ses propres plaies, celles de son passé.

La pendule indique sept heures. Julie n'a toujours pas bougé du canapé. Elle ne sait pas ce dont elle a envie : prendre l'air, un café ou une douche. Elle hésite. Tout en elle est indécis, elle sait qu'elle doit absolument passer des appels, mais n'en a ni la force ni le courage. Elle verra ça plus tard. Après tout, les morts peuvent attendre, juge-t-elle. La seule urgence est de poursuivre la lecture de ce maudit cahier qui l'obsède. Elle revoit Élisabeth monter, silencieuse, dans sa chambre, s'y enfermer pour écrire ces lignes qui la dévorent. Qu'a-t-elle pensé ? s'interroge Julie. En dépit de son affection pour moi, a-t-elle finalement cru que j'étais une affabulatrice, une folle qui divaguait, qui inventait par plaisir, m'a-t-elle méprisée ? Avait-elle pitié de moi ? Elle ne m'a pas donné l'opportunité de lui expliquer, elle ne m'a pas fait ce cadeau et m'a laissée avec cette injustice. Ce poids immense à porter toute seule.

Avant même d'avaler un café, Julie file dans la chambre d'Élisabeth pour la retrouver à travers les pages. L'avidité qu'elle a de savoir ce qu'elles contiennent encore et de se rapprocher d'Élisabeth est plus forte que ses craintes. Elle ouvre à nouveau le cahier.

*

« J'ai la mémoire primesautière. Seuls des flashs, des extraits du film de ma vie me reviennent en vrac, sans que je puisse leur attribuer une chronologie. Je passe sans transition du rire aux larmes, du chagrin à la joie, comme ce jour où nous avons pédalé, Julie et moi, à la lisière des champs de colza. C'est à ce moment précis que le jour a commencé à se faire dans mes souvenirs, un peu de clarté dans ma tête. Comme une lueur dans le crépuscule. Ce pique-nique à trois dont j'ai parlé à Julie, cette journée insouciante que nous avions partagée Matthieu, Rodolphe et moi devant un champ de tournesols, ont été révélateurs. Je ne m'en rappelle ni les circonstances, ni l'endroit exact. Était-ce durant des vacances scolaires, lors d'un week-end improvisé ? Peu importe, Matthieu et Rodolphe n'arrêtaient pas de jouer ensemble, de se chamailler. Moi je profitais du soleil, je les regardais, attendrie. Nous formions à l'époque une famille heureuse, unie. Tout semblait paisible, à sa place. Je suis sûre que personne d'autre n'occupait mes pensées. Je ne possédais pas assez d'éléments pour l'affirmer, et pourtant j'en étais certaine. Pauvre Julie ! j'ai bien vu sa détresse quand elle tenté de m'expliquer pourquoi elle n'était pas présente à ce pique-nique. Moi, dans une fulgurance, j'ai compris qu'il n'y manquait personne. Et pour cause… Comme je le regrette, Julie ! Mais voilà, c'est ainsi : tu n'es pas ma fille.

Dans un premier temps, j'ai cru avoir perdu complètement la raison. Je m'en voulais, je me détestais un peu plus encore de ne pas me souvenir de mon propre enfant. Julie est chaque jour auprès de moi, dévouée, bienveillante, adorable, et malgré cela je ne ressens aucun lien filial, aucun amour maternel. J'éprouve pour elle une profonde affection, de l'amour, oui, on peut l'appeler comme ça, mais pas celui que ressent une mère pour sa fille. Pas cet amour sans réserve, sans relâche. Longtemps, je me suis opposée à l'idée que Julie n'était pas mon enfant, j'ai lutté pour ne pas me rendre à l'évidence, mais il l'a bien fallu : aucune image, aucun souvenir, aucun moment, aucune sensation n'ont jamais réapparu. Elle n'était jamais parmi nous dans mes réminiscences : ni pour les fêtes ni pour les drames, ni pour les départs ni pour les retrouvailles. Je suis la mère de Matthieu, j'ai retrouvé son odeur, le moindre grain de beauté sur son visage, la fossette sur sa joue, la façon qu'il avait de serrer les poings en s'endormant, de m'appeler « maman », et mille autres détails qui étaient restés gravés au plus profond de moi et me reviennent petit à petit. En ce qui concerne Julie : rien. Rien de rien. Et pour cause, puisqu'elle n'était pas là. Puisqu'elle ne faisait pas partie de ma famille, ni de ma vie. Les liens du sang ont parlé, ils ne trompent pas. J'ignore à quel moment, pourquoi et comment elle est entrée dans ma vie, mais la place qu'elle y occupe à présent m'est nécessaire. Je l'aime. Plusieurs fois, j'ai été tentée de lui demander des explications, pourquoi elle agissait ainsi à mon égard, mais je n'ai pas pu. Elle n'aurait pas assumé cette situation. Elle se serait sentie mortifiée, désemparée. Je ne voulais pas l'anéantir. Personne n'aurait pu imaginer que ma mémoire reviendrait par brusques à-coups. Moi la première. Julie en a profité. Elle a tiré les fils de ma piteuse existence pour broder un canevas magnifique, mais pourquoi ? La raison m'en demeure obscure. Je lui ai toujours accordé ma confiance. Jamais je ne me suis sentie en danger auprès d'elle, même lorsque j'ai compris qu'elle me mentait. Il s'agit bien là d'une preuve d'amour, non ? J'aurais pourtant souhaité connaître le fin mot de l'histoire, mais tant pis ! Cette romance qu'elle m'a racontée me convient, car en vérité, elle aurait pu être vraie. J'aurais tant aimé qu'elle soit vraie… »

*

Julie referme le cahier, prise par l'urgence de parler. Il faut que je l'appelle, se dit-elle. Comme j'aimerais qu'il soit là pour m'aider à traverser cette épreuve !

Elle ouvre un répertoire caché au fond de son sac et compose un numéro. Au bout de la ligne, une voix qu'elle reconnaît se fait entendre. Il attendait cet appel, devine-t-elle. La conversation est brève, leurs mots s'entremêlent après des silences ; tous deux restent calmes, posés. Ils vont à l'essentiel. Julie se sent mieux. Elle peut enfin partager son chagrin avec quelqu'un.

« Tu viendras ?, demande-t-elle pour clore la conversation.

– Oui.

– J'ai quelque chose pour toi. Je te le donnerai quand nous nous verrons. C'est une sacrée femme, tu sais, ajoute-t-elle.

– Si tu le dis… À très vite. »

« Courage… », souffle-t-il avant de raccrocher.

– 18 –

Les pages du cahier tournent toutes seules sous les assauts du vent. Julie époussette le sable qui se glisse partout : dans ses yeux, ses narines, le sac, dans ce fameux cahier dont elle veut terminer la lecture. Après ce coup de fil, elle a éprouvé le besoin de prendre l'air, de respirer surtout, d'entendre le fracas des vagues, le cri des mouettes, de sentir la chaleur du soleil sur sa peau. Elle a choisi la plage de Vert-Bois, vierge de souvenir, où jamais elle ne s'est rendue avec Élisabeth. Bien que serrant le cahier dans ses mains, elle ne parvient pas à retenir ses pensées qui s'échappent vers d'autres sphères. Vers sa vie à elle, qu'elle a mise de côté et qu'elle doit reprendre là où elle l'a laissée. Il faut que je récupère mon pantalon au pressing, pense-t-elle, que j'envoie une carte d'anniversaire à Joséphine, ma petite filleule, que j'appelle mon frère à qui je n'ai pas donné de nouvelles depuis si longtemps, que je prenne rendez-vous chez l'ophtalmo pour qu'il me prescrive une nouvelle paire de lunettes, et quoi d'autre encore ? Après avoir fait l'inventaire de toutes les petites choses à accomplir, elle reste un instant à contempler la mer, les pensées immobiles. Puis elle se replonge dans le cahier, le ventre noué d'appréhension. Elle aimerait que les dernières pages soient plus douces que les premières.

*

« Je dois à Julie quelques explications. Je lui dois de raconter de quelle manière j'en suis arrivée à établir la vérité. Comme Miss Marple, j'ai récolté ici et là des indices que j'ai soigneusement notés ; certaines attitudes de Julie m'ont mis la puce à l'oreille et d'un coup, les pièces du puzzle se sont assemblées. Par où commencer ? À plusieurs reprises, Julie s'est montrée fuyante, embarrassée : tout d'abord lorsque les Guinard sont venus nous rendre visite. J'ai bien senti que leur présence provoquait chez elle un malaise. Quant à Mme Guinard mère, je comprends maintenant qu'elle a bien failli mettre les pieds dans le plat et révéler que je n'étais pas la mère de Julie. Quand j'y repense, elle a dû nous prendre pour deux folles ! D'ailleurs, quand nous avons voulu acheter des fleurs, j'ai bien compris que Julie les avait aperçus au fond de la boutique et que c'est pour cette raison qu'elle avait rebroussé chemin. J'ai cru tout d'abord à de sombres histoires de voisinage, mais la peur que Julie a éprouvée à ce moment-là n'a plus quitté mon esprit. Chaque fois que nous étions en présence d'une tierce personne, surtout si celle-ci s'intéressait à moi, comme Corinne, Julie s'arrangeait pour esquiver : elle interrompait la conversation, changeait de sujet, ou coupait court. À la réflexion, elle a même dû filer en douce chez Édouard Buisson afin d'annuler notre rendez-vous, en prétextant que j'étais malade. Que d'efforts, que de stratagèmes ! Elle était toujours aux aguets comme une bête traquée. Comme je la plains !

Dès les premières minutes de notre arrivée, j'ai senti que j'étais une étrangère dans cette maison, contrairement à Julie, qui s'y déplaçait avec aisance et naturel. Les murs parlent, ils ne trompent pas. Ceux-ci ne me disaient rien. Cette maison m'attendait mais ne m'accueillait pas. Quant aux meubles, aux bibelots, à la décoration en général, n'en parlons pas ! Ils étaient aux antipodes de mes goûts ! Et toute l'île m'était inconnue ; je n'allais pas à sa recherche, je la découvrais, je la rencontrais pour la première fois. Je peux affirmer aujourd'hui que ni Matthieu ni Rodolphe n'y sont jamais allés, que cette maison n'est pas notre maison de famille, mais sans doute celle de Julie. C'est lorsque j'ai compris que cette bâtisse n'était pas la mienne que j'aurais vraiment souhaité qu'elle le soit. Nous aurions pu être heureux, ici ! J'imagine que Rodolphe aurait fait de cette demeure un vrai petit paradis ! À propos de Rodolphe, d'ailleurs… Julie me l'a décrit d'une façon qui ne correspond pas aux souvenirs que j'en ai. Il n'était pas si grand, ni si brun, ni si maigre que cela. Et surtout, il n'était pas dur du tout. Au contraire, il était tendre, aimant et conciliant. Quand son visage m'est revenu en mémoire avec netteté, j'ai eu un choc. J'étais perdue. À cette seconde précise, j'ai compris qu'il y avait mensonge. Julie n'a jamais eu l'occasion de voir une seule photo de Rodolphe pour la bonne et simple raison que je les ai toutes brûlées dans la cheminée un soir où la douleur était plus vive que d'habitude. Aucune image de lui n'a survécu à mon chagrin. Chaque cliché était un reproche vivant. J'avais l'impression qu'il m'accusait, le sentiment d'être condamnée car j'étais responsable de sa mort, ce qui était vrai. Quelque temps plus tard, il m'est apparu évident que Julie ne l'avait donc jamais connu et que ma rencontre avec elle avait eu lieu après sa mort.

Il est certain aussi que notre histoire d'amour n'a pas commencé sur les barricades. Corinne m'a donné la vraie version, moins flamboyante, certes, mais authentique. Pour en savoir davantage, il aurait fallu que je la contacte en cachette mais je n'en avais ni le temps, ni l'envie. Julie, volontairement, a inversé les caractères. Elle a fait de moi une victime et de Rodolphe un bourreau, au moins à l'égard de Matthieu. Je ne me reconnaissais pas dans le portrait qu'elle brossait de moi. Je n'étais pas non plus la mère qu'elle décrivait : dévouée, présente, généreuse. Malheureusement. Ma relation avec Matthieu était par ma faute houleuse, tempétueuse, alors que son père et lui s'adoraient. Ils s'entendaient à merveille. Rodolphe était un père admirable et a tenté de remplacer la mère que je n'ai jamais été. Si notre fils a fugué, c'est sans doute à cause de moi, de moi seule et de personne d'autre.

Quant à Marc… c'est encore une autre histoire, qui diffère de celle que m'a contée Julie.

Comme je l'ai écrit auparavant, j'ai bel et bien abandonné ma famille sans l'ombre d'une hésitation. Ne croyez surtout pas que tout m'est revenu en mémoire d'un coup de baquette magique. Il y a beaucoup de faits, d'événements dont je ne me souviendrai jamais plus, des moments pourtant cruciaux dans la vie d'une femme et d'une mère, mais j'ai quelques certitudes que la maladie ne pourra jamais me dérober : des évidences quant à mes affects, ma chair, mon intimité. D'autres certitudes ont jailli de détails récoltés au quotidien, des preuves qui m'ont sauté au visage alors que je ne les sollicitais pas et qui m'ont dessillé les yeux. J'ai dévidé la bobine du film d'un coup d'un seul : les vacances en famille, l'étonnement de M. Massé et la défiance de la mère Guinard, Hercule Poirot, Carole Bretner, les cartes d'anniversaire, *Belle du Seigneur*, l'accident de voiture, Édouard Buisson… et d'autres éléments que j'ai déjà oubliés sont autant d'indices qui ont conforté mes soupçons.

Finalement, toutes les pièces du puzzle se sont emboîtées les unes dans les autres, au moment où je m'y attendais le moins. Tout est devenu clair, net, sans faille. J'étais seule sur la terrasse en train de feuilleter un magazine quand j'ai lu un article annonçant que les robes de Marilyn Monroe avaient été vendues aux enchères à un prix exorbitant. Sur la page suivante était annoncée une soirée en hommage à Carole Bretner. Je me suis souvenue, à cet instant précis, que Julie avait ce magazine sur les genoux au moment où, escarpins à la main, je lui avais demandé à qui appartenaient ces chaussures. Indéniablement prise de court, avec une grande présence d'esprit, Julie s'est inspirée de ces deux articles pour inventer cette histoire de chaussures qui avaient prétendument appartenu à la starlette et que Rodolphe avait absolument voulu acquérir.

D'autres éléments de l'énigme se sont assemblés instantanément : cette adresse, "chemin des Bruyères à Pessac", que Julie avait utilisée pour me faire croire que Rodolphe y avait grandi, c'est le nom que j'avais lu sur l'étiquette d'une bouteille de vin en allant au cellier chercher un bon bordeaux pour accompagner le dîner. Je n'y avais pas prêté attention, mais lorsque j'ai fait le rapprochement, soudain tout s'est éclairé.

Et toutes ces destinations où nous avions séjourné selon Julie… New York : elle avait trouvé l'idée grâce à ce cendrier de verre. Je l'avais soulevé pour essuyer du café que j'avais renversé ; en le retournant, j'avais lu au dos les mots "Park Hyatt, New York". Je comprends maintenant pourquoi Julie m'a dit que nous avions passé des vacances là-bas. La maligne ponctuait son récit ici et là de détails véridiques, pour broder un canevas crédible. Idem pour la Sicile : le thermomètre bordé de coquillages multicolores, accroché à la fenêtre du salon, portait l'inscription : "Fabriqué à Catane, Sicile"... Quant à l'huile d'argan qui servait à nous hydrater après de longues expositions au soleil, elle était pressée à Tanger, au Maroc. Cette bouteille, je l'ai eue dans les mains chaque soir. J'ai dû lire l'étiquette mille fois, et mille fois ce détail m'a échappé. Là encore, Julie m'a fait croire que nous étions allés là-bas, en été.

Le nom de la famille à laquelle j'étais censée louer la maison, les Suchet, venait tout simplement de la série télé que regardait Julie au moment où je l'interrogeais. C'est David Suchet qui incarnait à l'écran le personnage d'Hercule Poirot. Julie ne devait pas soupçonner que je puisse connaître l'identité de ce comédien, et pourtant, quand j'ai cherché à reconstituer le puzzle, cela m'est revenu à l'esprit...

Quant à *Belle du Seigneur*, que m'aurait offert Marc en gage de notre amour, ce n'est ni plus ni moins qu'un exemplaire banal qui traîne parmi tant d'autres livres dans la maison. J'imagine qu'il s'agit pour Julie d'un livre emblématique de la passion, un avis que je suis loin de partager.

L'épisode Massé m'a déstabilisée. Si vous aviez vu sa stupéfaction lorsque je lui ai demandé s'il avait épargné quelques affaires parmi celles que nous lui aurions données à brûler ! Il était totalement décontenancé. Il ne comprenait absolument pas de quoi je voulais parler et lui, pourtant, n'était pas frappé d'amnésie ! Et la méfiance des Guinard lorsque Julie m'a appelée "maman", j'étais restée éberluée par leur réaction. Je comprends mieux à présent. Il n'y a qu'Édouard Buisson qui restera pour moi un mystère. Pourquoi Julie s'est-elle donné tant de mal pour annuler notre dîner ? Je n'aurai jamais la réponse...

Tous ces détails ont confirmé mes présomptions, Julie me mentait. Ainsi, le jour où j'ai découvert le paquet de lettres dans la doublure de ma valise : il n'y avait là que des cartes d'anniversaire, de fête des Mères qui m'étaient destinées. Sur chacune d'elles, Rodolphe et Matthieu avaient apposé un petit mot d'amour. Sur aucune l'écriture ni la signature de Julie n'apparaissaient. Je pense les avoir emportées avec moi le jour où je les ai quittés pour partir avec Marc. Elles sont de ces choses que l'on souhaite conserver avec soi sans toutefois avoir le courage de les relire et dont la seule vue vous bouleverse, aussi les cache-t-on au mieux.

Autre vérité : Rodolphe n'a pas été tué dans un accident de voiture, puisque Matthieu et moi l'avons retrouvé pendu dans son bureau. Mon fils ne l'a donc pas accompagné dans la mort, mais où est-il maintenant ? Je veux croire de tout mon être qu'il est encore en vie quelque part et qu'il va bien. Si je n'ai pas cherché à contredire la version de Julie, c'est par respect et par amour pour elle, pour ne pas anéantir tout ce qu'elle avait tenté de mener à bien. Quand j'ai compris qu'elle me mentait par bienveillance, je me suis bien gardée de la prendre en défaut et j'ai accepté l'idée qu'elle puisse avoir de bonnes et belles raisons d'agir ainsi. Si Matthieu n'était plus auprès de moi, c'est que, d'une certaine façon, il valait mieux qu'il fût mort. Encore une fois, Julie a sans doute voulu m'épargner. Matthieu m'a rayée de sa vie, il me l'a dit. Me pardonnera-t-il un jour ? Le temps me manque pour le reconquérir. J'aurais envie de connaître la vérité, mais je la laisse de côté, je n'ai plus la force de souffrir. J'aime Julie au point de la laisser décider de ce qui est bon pour moi. Je m'en remets à elle.

Julie, quelle jeune femme étonnante ! Pour achever mon travail d'enquêtrice à la Sherlock Holmes de bas étage, je sors de mon chapeau la preuve irréfutable que Julie n'est pas ma fille. En tout cas, pas officiellement. En fouillant à l'instant dans son sac, mes doutes ont été confirmés. Ma tendre Julie porte le nom de Fauret. Je suis née Élisabeth Denis, épouse Bentolila.

Tout est dit. »

*

– 19 –

L'enterrement est sobre, discret. Seuls les plus fidèles sont présents. Revenue à Paris, Julie s'est chargée de les avertir. Clotilde a fait le voyage depuis l'Argentine, seule, son mari Pablo n'ayant pas souhaité l'accompagner. Elle n'a pas hésité une seconde à prendre un billet en urgence, dévastée par le chagrin. Malgré l'absence et la distance, la qualité de sa relation avec Élisabeth était restée intacte et Clotilde avait absolument tenu à lui témoigner une dernière fois son amitié. Les anciens collègues de travail d'Élisabeth ne manquent pas non plus à l'appel, mais Jacques le boute-en-train a abandonné sa joie de vivre à la porte du cimetière. Sylvie, la sœur de Rodolphe, une petite femme austère aux cheveux blancs et aux yeux clairs, au teint magnifique, se tient raide et droite dans son tailleur strict, sans expression aucune. Elle a fait le déplacement, elle est là. Corinne, toujours aussi blonde, aussi bronzée qu'à Oléron, mais ce matin tellement triste, dépose une rose sur le cercueil. La boulangère du quartier, ronde comme ses pains, est venue elle aussi rendre un dernier hommage à Élisabeth. Quant à lui, il ne peut retenir ses sanglots. Il a lu un passage de *Tendre est la nuit*, qu'Élisabeth aimait tant et dont elle avait fait son livre de chevet. Très digne, très belle, Julie contient par pudeur ses larmes. Élisabeth repose à présent au cimetière de Montmartre sous un marronnier centenaire qui, l'été, la protégera des grosses chaleurs. Tous quittent le cimetière en silence, dans un Paris baigné de soleil. L'atmosphère est légère et douce, les gens sourient sans raison apparente et Julie songe que, pour une fois, il n'a pas plu un jour d'obsèques.

« Allons prendre un verre en terrasse », propose-t-elle.

Ils marchent tous deux côte à côte, n'échangent pas un mot, pas encore. Ils montent l'escalier vers le pont Caulaincourt, s'acheminent lentement vers la place de Clichy. Il se laisse guider par Julie qui avise une terrasse de café protégée de parasols verts. Ils s'assoient face à face. Elle le dévisage, le découvre différent de ce qu'elle imaginait. Il l'émeut beaucoup ; elle retrouve Élisabeth en lui. Matthieu est le portrait caché de sa mère : le même regard perçant, le même nez aquilin, ce visage allongé, cette façon de se mouvoir avec une grâce, une élégance qui n'appartiennent qu'à eux.

« Comme je te l'ai dit au téléphone, j'ai quelque chose à te remettre. »

Julie extrait de son sac l'enveloppe qui était glissée dans le cahier d'Élisabeth et qu'elle a conservée avec précaution.

« C'est de la part de ta mère, dit-elle en la lui tendant.

– Donc elle savait, murmure Matthieu en saisissant l'enveloppe, tremblant.

– Je vais tout t'expliquer, dit Julie, mais auparavant, il serait préférable que tu lises ce qu'elle avait à te dire. Je te laisse tranquille quelques minutes, si tu le désires.

– Non, reste. Tu l'as accompagnée depuis si longtemps... »

Matthieu regarde l'enveloppe sans oser l'ouvrir. Il reconnaît la fine écriture de sa mère. « Pour Matthieu », a-t-elle inscrit. Jamais il n'aurait imaginé éprouver tant de chagrin. Lui qui s'était barricadé dans une hostilité, une rancœur qui flirtaient parfois avec la haine ! Cette lettre, c'est tout ce qui lui reste d'elle, désormais. Aujourd'hui, il est orphelin.

« Tu ne l'ouvres pas ? lui demande Julie.

– Si, bien sûr que si. »

Matthieu déplie la lettre. L'écriture appliquée d'Élisabeth court sur deux feuillets. Il remarque que certains mots sont troublés par des larmes, ou des gouttes de pluie. Il oscille entre l'envie de lire et l'appréhension de savoir. Par-dessus tout, il est bouleversé, et sa douleur est celle d'un petit garçon qui croit voir sa mère s'éloigner pour toujours. L'abandonner.

Julie constate que le visage de Matthieu se décompose au fil de la lecture. Lorsque le serveur vient prendre les commandes, il ne l'entend pas. Il est ailleurs. Avec sa mère. Julie demande deux cafés ; elle comprend qu'il ne faut pas l'interrompre. Elle devine ce qu'Élisabeth confie à Matthieu à travers ces lignes. La jeune femme souhaite simplement qu'il l'accepte. Matthieu repose la lettre sur la table sans rien dire. Il évite de croiser le regard de Julie ; il a besoin de quelques secondes pour retrouver ses esprits. Ce qu'il vient de découvrir l'ébranle.

« Tout va bien ? », s'inquiète Julie.

Le jeune homme acquiesce d'un signe de tête, la gorge trop nouée pour pouvoir articuler un mot.

« Oui, murmure-t-il enfin. Je m'attendais à tout, mais pas à une telle déclaration. Et surtout pas à ça ! », ajoute-t-il en riant.

Il dépose sous le nez de Julie un chèque signé de la main de sa mère.

« Pour les frais d'enterrement, poursuit-il. Je ne l'imaginais pas si prévoyante ! Il faut croire que tu l'as changée. Un vrai miracle !

– Je pense que tu n'es qu'au début de tes surprises, Matthieu.

– Je te crois. Cette lettre est la première. »

Le garçon apporte les cafés, mais à peine a-t-il le temps de présenter l'addition à Matthieu que celui-ci boit l'expresso d'un trait et lui en réclame un deuxième.

« C'est ma seule drogue, se justifie-t-il. Dieu sait que maman a souvent essayé de me sevrer, mais impossible ! Je carbure au café.

– Que te dit-elle? demande Julie qui n'a plus que cette idée en tête. Est-ce qu'elle te parle de moi ? De cette semaine à Oléron ? Je crois qu'elle a été heureuse, là-bas.

– Grâce à toi… Elle me dit tant de choses et à la fois si peu… Oui, elle me parle de toi.

Beaucoup. Du bien que tu lui as fait depuis toutes ces années, du dévouement et du courage dont tu as fait preuve, ces derniers jours en particulier.

– Ça n'a pas été difficile.

– Quant au reste, c'est un magnifique *mea culpa* qui me laisse sans voix. Elle est consciente du mal et du tort qu'elle a causés à tout le monde ; à papa, à moi. Moi qui ai toujours cru qu'elle n'avait aucune fibre maternelle, eh bien, je me suis trompé. Peu de mères auraient été capables d'une telle mise à nu. Elle n'a plus de complaisance vis-à-vis d'elle-même, plus aucune indulgence, mais elle déborde d'amour ! Comme si son égoïsme sans nom s'était transformé en générosité. Comme si elle avait enfin compris qu'elle devait faire don d'elle-même. C'est dingue, cette métamorphose !

– Tu n'as aucun regret ?

– Lequel ?

– De ne pas être venu la voir toutes ces fois où je t'ai supplié de venir. Pas une fois en cinq ans tu ne m'as dit oui.

– Aucun, répond Matthieu sans réfléchir. J'ai agi comme j'ai pu avec ce qu'elle m'a donné, c'est-à-dire pas grand-chose. Au moment où je suis parti, je n'ai emporté avec moi aucun bon souvenir, aucune douceur, seulement de la colère et du ressentiment. Tu ne sais pas à quel point. Quand tu assistes à la déchéance de ton propre père, que tu vois sombrer chaque jour davantage jusqu'à le retrouver pendu, misérable, dans son bureau, et surtout quand tu sais que ce drame aurait pu être évité, tu ne t'en relèves pas.

– Je ne peux qu'imaginer…

– Si ma mère n'avait pas été aussi égocentrique, aussi dure, aussi implacable dans ses choix et ses décisions, cette tragédie n'aurait pas eu lieu.

– Tu ne lui accordes pas de circonstances atténuantes ?

– Pas une seule. On ne quitte pas sa famille sur un coup de tête ou, en tout cas, pas de cette façon-là. Pas sans prévenir, du jour au lendemain, sans se retourner, sans se soucier de nous, de ce que nous pouvions devenir. Sais-tu qu'elle ne nous a pas appelés une seule fois le temps qu'a duré sa petite escapade de midinette ?

– Non, je l'ignorais.

– Sais-tu qu'elle a oublié jusqu'à nos anniversaires, à papa et à moi ? Un jour elle a disparu avec le strict nécessaire, nous laissant ses manteaux, ses bijoux, son odeur, mais en emportant avec elle l'espoir qu'elle puisse revenir le lendemain. »

Ces révélations alourdissent soudain l'atmosphère. Julie scrute le ciel pour voir s'il tourne à l'orage. Ce sont juste les mots qui pèsent, se dit-elle.

« Mais le pire, peut-être, c'est lorsqu'elle est revenue, poursuit Matthieu. Lorsque son salaud d'amant l'a jetée comme une malpropre. On a tout de suite compris qu'elle s'était fait larguer. Ses larmes n'étaient pas celles d'une femme dévorée par le remords, qui réclame le pardon. C'étaient celles d'une amante pathétique, lamentable. Ce matin-là, j'ai eu honte d'elle, et quoi de plus insupportable que d'avoir honte de sa mère ? »

Julie écoute Matthieu sans intervenir. Elle veut le laisser se raconter. Elle sait qu'une fois sa rancœur déversée, il ne subsistera plus que de l'amour. Le tumulte ne nous emporte jamais aussi loin que nous l'imaginons, pense-t-elle ; il nous ramène toujours vers des rivages plus doux. Matthieu est au seuil de l'apaisement.

« Sais-tu qu'à son retour, j'ai cessé de lui parler pendant des mois ? Et plus elle s'acharnait à vouloir être la mère parfaite, plus je la détestais. Ce rôle lui allait si mal !

– Je sais que, depuis ce moment-là, tu ne lui as plus adressé la parole.

– Si. Quelquefois, juste pour lui faire comprendre que je l'avais rayée de ma vie. Définitivement. C'est du moins ce que je croyais. Puisqu'elle avait choisi de partir sans moi, je faisais comme si elle n'était jamais revenue.

– C'est une situation déchirante, dit Julie, mais qui ne tient pas, qui ne résiste pas au temps et à la douleur. Tu peux détester ta mère de tout ton être, tu peux la rejeter, vaille que vaille, arrivera le jour où tu baisseras les armes. Tu peux supplier l'au-delà de te réveiller un matin auprès d'une mère douce et aimante, attendre celle que tu n'auras jamais, tu peux la haïr, viendra le moment où tu la verras souffrir et où tu auras mal. Ce que je veux te dire, et crois-moi, je sais de quoi je parle, c'est que tu ne peux pas lutter contre la force des liens qui t'unissent à elle. Ils résistent malgré tout, et c'est très bien ainsi.

– Il y a du vécu derrière tout cela, dit Matthieu. Tu as dû beaucoup souffrir, toi aussi, non?

– Oui, mais c'est une autre histoire. Parle-moi encore de toi. Que deviens-tu ? Je ne sais pas grand-chose de ta vie, finalement. Es-tu marié ? Quel est ton métier ? Je sais que tu n'as pas d'enfants. Nos conversations au téléphone ont toujours été si brèves…

– Je vis seul à Versailles. Je suis sommelier dans un grand restaurant, rue Saint-Honoré. J'aime passionnément ce que je fais.

– Et en dehors de ça ?

– J'aime voyager, encore et encore. Comme maman. Mais moi je ne me suis pas contenté de quelques escapades touristiques. J'ai eu besoin de partir loin, longtemps. Le monde me semblait trop petit, vaincu. Alors je cherchais toujours ailleurs.

– Que cherchais-tu ?

– La consolation. J'ai vécu six mois à Kingston, en Jamaïque, puis j'ai passé près d'un an à visiter l'Australie, quelques mois à Toronto. Je connais l'Amérique du Sud par cœur. Je me suis aussi installé en Californie, où j'ai décroché mon diplôme de sommelier. Chacun de ces pays m'a apporté une forme de bonheur, un peu de vérité. J'y étais allé pour me perdre et en définitive, une fois mon périple achevé, je me suis trouvé. Je pouvais donc revenir en France.

– Tu n'as pas eu, alors, l'envie de la retrouver, elle ?

– Si. La première chose que j'ai faite en arrivant a été de la rencontrer. J'ai téléphoné chez elle et c'est sur toi que je suis tombé.

– Oui, j'allais voir ta mère chaque jour. J'étais sa voisine de palier. J'avais un petit appartement en face du sien. Au début, je lui rendais de menus services, je lui faisais quelques courses, je lui tenais compagnie. Je voyais bien que c'était une femme seule, éperdument malheureuse, desséchée par le chagrin. Je ne lui ai posé aucune question, surtout aucune. Je ne voulais pas la bousculer, ni me montrer intrusive. Je l'ai laissée venir doucement à moi comme un animal blessé. Petit à petit, elle s'est confiée. Le jour où tu as appelé, nous étions devenues très proches et nous venions d'apprendre qu'elle était gravement malade. Sa mémoire, depuis des mois, partait en lambeaux. Je savais qu'elle finirait par t'oublier, je t'ai demandé de venir, tu as refusé. Ce jour-là je n'ai pas compris pourquoi.

– Je n'ai pas eu le courage, je n'étais pas prêt. J'avais ressenti le besoin de l'appeler pour voir si elle était toujours en vie, pour qu'elle sache aussi que je l'étais, mais il était trop tard pour que nous reprenions contact. Le fait que tu m'aies annoncé sa maladie n'a fait que m'en dissuader davantage. J'aurais alors été obligé d'être doux, aimable, conciliant, et de l'épargner. Or, j'en étais tout à fait incapable. Malgré les années passées, ma colère ne s'était pas dissipée. Elle était toujours aussi tenace.

– Ta colère était donc plus forte que la crainte qu'elle ne t'oublie avant de l'avoir revue ?

– Mais c'est ce que je voulais, Julie. Que ma mère m'oublie et que je puisse construire ma vie sans elle. Son amnésie était salvatrice. Elle me délivrait de ma propre culpabilité.

– De quelle culpabilité parles-tu ?

– De celle qui m'empêchait d'avancer dans l'existence et de m'épanouir. J'étais aliéné à sa douleur. L'imaginer isolée, avec tout le fardeau de ces drames passés sur les épaules, même si je l'en tenais pour responsable, me terrassait. Quand j'ai appris que la maladie allait la délester de ce poids, moi, pour la première fois depuis tant d'années, j'ai enfin respiré. J'étais soulagé. J'allais pouvoir continuer sans elle puisqu'elle allait continuer sans moi.

– Je peux te certifier qu'elle a lutté, pourtant. Elle s'accrochait aux souvenirs qu'elle avait de toi, elle refusait de te laisser partir une seconde fois. »

Matthieu détourne la tête. Julie remarque son air assombri, la veine de son cou qui palpite.

Elle aimerait le consoler mais elle est consciente qu'elle lui doit la vérité. Une vérité belle et cruelle.

« À quel moment m'a-t-elle vraiment oublié ? À quel moment précis as-tu compris que je n'existais plus pour elle ? Qu'elle m'avait effacé ?

– Il n'y a pas eu de moment précis. Sa mémoire s'est délitée au fil du temps. Tout d'abord, ce sont des pans de sa vie avec toi qui ont sombré dans le néant ; ensuite, elle égarait ton prénom mais finissait toujours par le retrouver, puis enfin c'est toi tout entier qui as disparu. Un jour, je lui ai posé une question te concernant et là, j'ai vu le vide dans ses yeux, une expression nouvelle. J'ai pensé alors que ce serait définitif, que tu t'étais évaporé. Il faut croire que non. En fait, sa mémoire avait conservé l'essentiel, dissimulé dans un repli. Je l'ignorais, mais tout ce qui était important pour elle, tout ce qui manquait est tout à coup remonté à la surface quand nous étions à Oléron. Tu en faisais partie, bien évidemment. Et quel choc j'ai eu quand j'ai lu ton prénom sur l'enveloppe ! Comprends bien, Matthieu, qu'elle ne se souvenait plus de rien, ni de son mari, ni de ses amis, ni de Marc, ni de personne. Durant cette semaine que nous avons passée ensemble, j'ai bien constaté que des impressions de sa vie d'avant lui revenaient et, crois-moi, c'était déjà inespéré, mais j'étais loin d'imaginer que des souvenirs intacts, précis, resurgiraient ! Elle s'est bien gardée de me le dire. Elle a sans doute voulu les emporter avec elle comme un secret, sans les évoquer. Mais pour que tu comprennes vraiment, je dois te raconter toute l'histoire.

– Je t'écoute, murmure Matthieu.

– Lorsque nous avons fait connaissance, peu de temps après ton départ, elle avait le cœur en miettes mais encore toute sa tête. Petit à petit, sa mémoire s'est effritée, elle aussi. Les moments les plus jolis se sont échappés les premiers, malheureusement. Seuls les drames subsistaient. Elle en devenait folle, à se taper la tête contre les murs. Elle avait occulté les anniversaires, les fêtes de Noël, les rires, tous les instants joyeux, mais elle n'ignorait rien des tragédies. Elle savait le suicide de ton père, ta fugue, son chagrin d'amour, la détresse qu'elle avait semée autour d'elle, tout ce gâchis. Pendant les premiers mois de sa maladie, elle a vécu l'enfer. À cela s'ajoutait le verdict du neurologue, sans appel. Au fil des années, les souvenirs douloureux ont commencé à s'évanouir, eux aussi. Jusqu'à l'amnésie totale, ou presque. Seuls les jours les plus récents, ce qui s'était déroulé la veille ou l'avant-veille, résistaient à l'oubli. Je faisais donc partie de ce qui lui restait de sa vie.

Elle me posait des tas de questions auxquelles j'étais bien en peine de répondre ; des détails sur son enfance, sur son rôle d'épouse, sur son rôle de mère, que j'ignorais complètement. Je n'en connaissais que les grandes lignes, sans doute les pires. Elle était si pressante, si assoiffée de vérité, qu'il a bien fallu que je lui révèle votre histoire, sans rien omettre de ce qu'elle m'avait déjà raconté. Tout y est passé, sans ornement aucun : ta fugue, son humiliation, l'indifférence de Rodolphe, son suicide, ton départ pour l'étranger, ton silence, son deuil affectif, sa profonde tristesse. Elle a pris cent ans d'un coup, le choc était trop violent. Je jurerais que c'est à ce moment-là qu'est née en elle l'idée d'en finir.

Comme j'ai regretté d'avoir été si franche, si honnête, de ne pas avoir eu le courage de transformer la réalité ! Je ne voulais plus la voir souffrir ainsi, je voulais la rendre gaie, insouciante, légère. Je voulais partager avec elle des instants de bonheur, de fête, qu'elle se réjouisse, qu'elle en profite : sortir, dîner au restaurant, faire du vélo dans un Paris désert, aller au théâtre, manger des gâteaux ; tout ce que la vie offre de plaisirs. Depuis que je la connaissais, elle s'était toujours interdit ces petits bonheurs. Il m'est terrible d'avouer cela, mais j'attendais ardemment que le temps fasse son affaire et que de nouveau sa mémoire s'efface pour réinventer sa vie. C'est ce qui s'est produit il y a peu de temps, juste avant notre départ à Oléron. J'ai remarqué immédiatement cette étrange absence dans son regard quand elle m'a ouvert la porte, ce soir-là. Elle avait changé, elle était différente de la veille. Perdue. Vu son état de panique, j'ai tout de suite pensé qu'elle avait replongé dans sa nuit. Ses premiers mots ont été un appel au secours : "Julie, qu'est-ce qui m'arrive ? m'a-t-elle demandé. Je nage en plein cauchemar. Je ne sais plus qui je suis, je n'ai plus de repères, comme si je venais de naître à l'instant. Je suis désorientée. À part toi, je ne reconnais rien du monde."

– La pauvre ! Elle a dû souffrir ! intervient Matthieu, mais je ne vais pas la plaindre. Après tout, elle n'a eu que ce qu'elle méritait. »

Julie fixe Matthieu. Les traits du jeune homme se sont durcis, à l'image de son cœur. Il est emmuré dans son chagrin.

« Tu verras, elle n'était pas au bout de ses peines. Sans hésiter et sans trop réfléchir non plus, je dois l'avouer, je me suis engouffrée dans la brèche. Je n'avais pas trente-six solutions : soit je l'accablais une fois de plus en étant sincère avec elle, soit je l'épargnais en lui mentant. J'ai choisi la seconde option. À partir de ce jour, j'ai changé le cours des choses en transformant sa vie. J'ai fait en sorte de la délester de ses regrets, de ses remords et de sa souffrance en magnifiant son passé et, par là même, en embellissant son quotidien. J'espère que tu ne m'en garderas pas rancune, je dois t'avouer que, par amour pour elle, je suis devenue sa fille. »

Matthieu la dévisage, interloqué.

« Sa fille ?

– Oui. J'ai compris qu'il fallait combler un manque. Le tien. Celui d'un enfant qui n'était plus là. Ton absence lui était si douloureuse, les raisons de ton départ si lourdes à assumer qu'il m'a paru nécessaire de te remplacer, ou tout du moins de faire en sorte qu'elle jouisse d'une relation mère-fille sans orages ni rupture. Une relation avec son enfant qu'elle n'aurait pas ratée. Depuis ce jour, je l'ai appelée "maman". Elle a entendu ce mot, l'a accepté. Mais juste accepté, pas ressenti. Certes, elle m'a aimée profondément, elle a même tenté de devenir mère avec moi, mais jamais elle n'a éprouvé à mon égard ce sentiment irremplaçable qu'elle éprouvait pour toi, son fils. Je croyais la duper, c'est moi qui l'ai été. Elle m'a démasquée très vite, sans jamais me l'avouer, une jolie marque de délicatesse. Elle m'a épargné toute humiliation. Elle était arrivée à la fin de sa vie, à ce point où l'on ne désire plus s'embarrasser de discussions interminables, de polémiques ni de conflits. Elle en avait eu suffisamment au cours de son existence. Elle était fatiguée. Elle avait assez pleuré. »

Julie est apaisée d'avoir soulagé sa conscience. Elle s'est défaite de son costume, elle a rendu les armes. Par cette confession, elle rend Élisabeth à son fils et redevient Julie Fauret, la fille de personne. La jeune femme craint pourtant que Matthieu ne lui en veuille. Celui-ci reste muet, sans réaction. Elle interprète son silence comme une réprobation.

« Tu es en colère ?

– Pas le moins du monde, répond-il aussitôt. Au contraire, tu as eu une belle réaction. Et du courage aussi. Un courage que je n'ai jamais eu. »

Julie lui saisit la main, la presse gentiment. Elle lui sourit. Elle sent que Matthieu a en lui une foule de questions à lui poser, mais qu'il n'ose pas. Sans doute, se dit-elle, ne veut-il pas avoir l'air de trop s'intéresser à cette femme qui l'a ignoré de si longues années.

Matthieu offre à Julie un sourire de complaisance. Il sourit pour ne pas pleurer. Un tourbillon de sentiments contradictoires s'agite en lui. La jalousie et la gratitude s'affrontent. Il ne peut s'empêcher d'en vouloir à cette jeune femme qui représente à ses yeux une rivale. C'est elle qui a révélé l'instinct maternel chez sa mère, elle qui a tout reçu, tout pris : l'amour, la gratitude, la bienveillance. Lui n'a dû se satisfaire que de miettes, autrement dit pas grand-chose. Matthieu voudrait se raisonner, dépasser cette aigreur qui le ronge, il sait que Julie n'y est pour rien, qu'au contraire elle s'est démenée pour les rapprocher et pourtant… C'est au-dessus de ses forces, il ne peut s'empêcher de l'envier et ce faisant, de la garder à distance. Brusquement, il retire sa main.

Sans qu'il ait eu besoin de les lui avouer, Julie comprend ses émotions, ce qui se joue en lui, cette tempête qui gronde. Pour l'apaiser, elle décide d'évoquer les dernières heures d'Élisabeth. Sans rien dissimuler. Elle lui raconte à quel point elle a été digne. Jusqu'au bout.

Sereine, aussi. Combien ses derniers mots ont été emplis de générosité, mais leur adieu dénué d'effusions superflues. Cette attitude ne surprend pas Matthieu. Il sait à quel point sa mère avait horreur du mélodrame, jusque dans ses lectures. Julie poursuit son récit en frissonnant. Elle revoit cet instant, en haut de la falaise, avec la même intensité. Là encore, explique-t-elle à Matthieu, elle espérait qu'Élisabeth renonce, qu'elle choisisse de vivre jusqu'au bout. En vain. Élisabeth s'était laissée tomber. En paix avec elle-même, conclut Julie.

Matthieu, le souffle coupé, se tasse davantage sur son siège. Il encaisse le coup.

« Ce jour-là, a-t-elle cherché à en savoir plus sur moi ? sur mon père ? lui demande-t-il.

– Pas uniquement ce jour-là, elle m'a interrogée tout le temps que nous sommes restées ensemble. Ses pensées revenaient toujours vers vous. Inexorablement. »

Matthieu déplie la lettre que Julie lui a remise.

« Dans cette lettre, elle me dit qu'elle sait tout de la mort de papa, quel époux merveilleux il a été, mais elle me parle aussi longuement d'elle, sans s'épargner, sans aucune indulgence. Elle s'accuse de tous les maux de la terre. Quelle version lui as-tu donnée de notre histoire ?

– Je ne lui ai pas avoué la vérité ; lui révéler le suicide de ton père m'était impossible. Cela aurait été à l'encontre de ma démarche. J'ai préféré lui dire qu'il était mort avec toi dans un accident de voiture et qu'ils formaient tous les deux un couple uni. »

Julie se tait, de peur que ses mensonges ne la rattrapent. Elle voudrait partir, à présent. Ne pas en dévoiler davantage. Matthieu sait que sa mère l'aimait et qu'elle était accablée de remords, cela devrait lui suffire. Que veut-il de plus ? se demande-t-elle, agacée. Cet épisode la concerne. Elle. Et Élisabeth, personne d'autre. La page est tournée. Comment l'expliquer à Matthieu ?

« Comment t'es-tu débrouillée pour brosser de notre famille un portrait idyllique ? insiste le jeune homme. Parce que, forcément, tu as dû faire preuve d'imagination.

– J'ai fait du mieux que j'ai pu. J'ai tenté de préserver tout le monde en n'accusant personne. Vous vous aimiez, enfin… nous nous aimions tous. C'était l'existence banale d'une famille ordinaire soudée par les sentiments. Élisabeth était une mère exemplaire, une épouse modèle ; Rodolphe était son pendant masculin et toi, le fils adoré, très proche des deux, complice de ton père et dévoué à ta mère.

– Et son amant, tu ne l'as pas mentionné ? Puisqu'elle s'en est souvenue, m'écrit-elle, comment t'y es-tu prise pour modifier la réalité ?

– Encore une fois, j'ai fait de mon mieux. J'ai décidé que Marc était une passade, une folie éphémère à laquelle elle avait vite renoncé par amour pour nous, par sens du devoir et par abnégation. Elle avait pris la meilleure des décisions : celle de retourner auprès des siens, qu'elle avait quittés dans un moment d'égarement. Moment qu'elle n'avait cessé de regretter par la suite. Au fil des jours, tout était redevenu comme avant, comme si cela n'avait été qu'un mauvais rêve. Voilà comment je me suis arrangée avec la réalité. Ta mère y a cru quelques heures peut-être, ou peut-être pas du tout. Je ne sais pas.

– "Arrangée", dis-tu ? En effet ! Nous sommes même aux antipodes de la vérité ! Si tu avais été vraiment sa fille, tu aurais eu moins d'imagination. La frivolité de cette aventure et ses conséquences tragiques t'auraient découragée. Pour continuer dans le romanesque... Quelle autre fable lui as-tu contée au sujet de ma fugue ?

– Matthieu, ne le prends pas ainsi, avec tant d'ironie et d'amertume. Tout ce que j'ai dit, tout ce que j'ai fait partait d'un bon sentiment. J'avais en face de moi une femme malade, seule, qui souhaitait en finir avec la vie et que je voulais absolument épargner. Sa tranquillité d'esprit m'importait plus que l'expression de la vérité. Alors oui, j'ai menti, mais c'était pour son bien et si je devais recommencer, je m'y prendrais de la même façon. Sans l'ombre d'une hésitation.

– Excuse-moi, je n'ai pas encore assez de recul pour juger sereinement la situation.

– Je lui ai raconté que ta fugue était due à l'absence de ton père lors de ton premier récital de violon, que c'était la réaction d'un adolescent en crise, comme tant d'autres. Tu ne supportais plus l'autorité parentale, tu as voulu t'affirmer, t'émanciper en claquant la porte. Je lui ai dit que lorsque tu étais revenu, tout était terminé.

– En somme, tu as inversé leurs rôles et les responsabilités ? Maman n'a donc jamais connu les véritables raisons de ma fugue ?

– Non, et elle ne m'a jamais réclamé plus d'explications.

– Le soir du concert, quand je me suis rendu compte qu'elle n'était pas dans le public, que le siège à côté de mon père était vide, je l'ai détestée à la mesure du manque que j'avais d'elle : de toutes mes forces ! J'ai fugué pour lui faire payer cette absence. Je voulais qu'elle soit dévorée d'inquiétude. Quant à papa, je voulais qu'il réagisse. Je ne supportais plus sa docilité, qui frôlait parfois la soumission. Mais on ne change pas les gens, le naturel revient toujours au galop. Au lendemain de mon retour, maman était de nouveau préoccupée d'elle-même. Rien que d'elle-même. De ce jour est née en moi une colère qui ne s'est jamais éteinte. Lorsqu'elle est revenue à la maison après avoir batifolé avec ce type, cette colère s'est décuplée comme un cancer. Je ne l'ai pas exprimée, je l'ai gardée en moi, sinon j'aurais mis le feu à la maison, j'aurais tout pété. Peut-être aurait-il mieux valu que je tape du poing sur la table, que je lui vomisse à la figure toute ma haine. Papa aurait hurlé un bon coup, maman se serait effondrée, aurait encaissé le choc et peut-être alors aurions-nous pu éviter le pire. Mais avec des si…

– Il y a une question que je voudrais te poser, qui me poursuit depuis longtemps.

– Laquelle ?

– Quand ton père a commencé à sombrer, qu'il s'enfermait des jours entiers dans son bureau, parvenais-tu quand même à communiquer avec lui ou bien votre relation était-elle rompue, elle aussi ?

– Quelle période atroce ! En vérité, il attendait que ma mère parte au bureau pour déverrouiller sa porte. Et moi je guettais avec impatience le moment où j'entendais ce petit bruit : celui du verrou qui tournait. Il me proposait alors d'entrer. Je découvrais mon père toujours assis à la même place, dans la pénombre, sous la fenêtre, immobile dans son fauteuil. Il espérait ma venue. Le cendrier était plein à ras bord, c'était une vraie tabagie ! Je m'asseyais en face de lui, on parlait de tout et de rien ; je lui apportais son journal, il commentait l'actualité, il lui arrivait encore de rire, de plaisanter. Mais dès que ma mère rentrait, je devais me séparer de lui. Il changeait d'attitude, son regard se durcissait, il se murait à nouveau dans le silence. Alors même moi, son fils, j'étais de trop. Ces rendez-vous clandestins étaient notre secret. Ma mère n'en a jamais rien su. Lui et moi avons toujours fait en sorte qu'elle les ignore. Il n'était pas question de la ménager, d'alléger ses souffrances. Ç'aurait été trop facile ! Il fallait qu'elle paye, coûte que coûte. J'ai aimé cette complicité qui existait entre papa et moi, et savoir que j'avais le privilège de pouvoir l'approcher. Jusqu'à cette fois où la porte est restée close. Mais je n'aimerais pas que tu gardes une fausse image de lui, celle d'un homme affaibli, dépressif. Il était tout le contraire, avant... C'était un homme drôle, mais vraiment drôle. Qui tournait les problèmes en dérision, qui était plein d'énergie, d'envies et de projets. Il savait aimer, lui. Être protecteur sans être envahissant, respectueux de la liberté des autres. C'est elle qui l'a détruit. »

Julie devine derrière la peine de Matthieu qu'il aimerait ressembler à ce père adoré.

« Tu penses que tu n'as pas ses qualités ?

– Si aujourd'hui encore je vis seul, sans enfant, c'est que non seulement je ne lui arrive pas à la cheville, mais que l'idée de ressembler à ma mère me terrifie. J'ai adoré une femme que j'aurais pu épouser ; nous aurions pu fonder une famille, mais je me suis enfui. La peur d'échouer me paralyse. »

Matthieu cesse de parler. Ce qu'il pourrait ajouter lui semble superflu. Julie a beau être attentive, elle est à mille lieux de soupçonner ce qu'il éprouve. Il sait que les confessions de sa mère dans cette lettre feront petit à petit leur chemin en lui. Un jour, il pardonnera… Julie a joué son rôle auprès d'Élisabeth, mais il sait qu'elle ne lui sera d'aucun secours. Il se lève maladroitement.

« Merci pour elle », dit-il à Julie.

La jeune femme se lève à son tour. Matthieu la serre fort dans ses bras. L'étreinte se prolonge.

« Et merci pour tout ce que tu ne m'as jamais dit », ajoute-t-il avant de partir.

Julie le regarde s'éloigner. Il l'a serrée si fort qu'elle en est bouleversée. C'est Élisabeth qu'il enlaçait, pense-t-elle. C'est à sa mère qu'il disait adieu.

– 20 –

Julie se sent tout à coup désemparée. Les souvenirs affluent. Élisabeth et elle étaient *a priori* faites pour entretenir une simple relation de voisinage. Elles s'étaient croisées tant de fois sans s'adresser la parole ! De simples bonjours de politesse, sur le palier ou entre deux étages. Jusqu'à ce jour où leurs deux vies s'étaient entremêlées. Élisabeth était venue sonner chez elle, affolée, pour lui demander de l'aide. Julie la revoit seule chez elle, dans le noir. Les plombs avaient sauté, elle ne savait pas comment rétablir le courant, elle était perdue. Julie avait eu l'impression d'être en présence d'une fillette abandonnée. Pour la première fois, elle l'avait vraiment regardée et à cette seconde, elle l'avait aimée. Cette femme avait l'air si fragile, si esseulée ! Élisabeth l'avait émue avant même que Julie sache à quel point cette inconnue avait pleuré. Elle la devinait si vulnérable. Vaincue. Plus tard, lorsque ces visites étaient devenues régulières, puis finalement quotidiennes, Julie avait compris toute la souffrance que portait Élisabeth. Cette douleur estompait la sienne et, d'une certaine façon, la rassurait.

Quand elle me racontait ses drames, j'oubliais les miens, songe Julie. Je trouvais du réconfort dans l'idée qu'une autre personne, assise en face de moi, puisse avoir connu des douleurs plus grandes que les miennes, même si elles n'étaient pas de même nature. Élisabeth était rongée par le remords, le sentiment d'avoir gâché non seulement sa vie, mais celle de son mari et de son fils. Je ne lui posais aucune question, je la laissais venir à moi, sans la brusquer. La jeune femme revoit leurs rendez-vous, tous les jours avant le dîner. Elle ne me recevait pas, elle m'accueillait, pense-t-elle avec gratitude. Petit à petit, elle m'a ouvert son cœur, ses bras et m'a dévoilé son passé. En ma présence, elle ressuscitait. Elle semblait reprendre goût à la vie, se délester de son fardeau lui faisait du bien. Elle aurait bien voulu que je m'installe chez elle, comme si nous étions les meilleures amies du monde, se souvient Julie, un instant amusée. Elle se consolait auprès de moi ; je lui étais devenue indispensable et moi, de mon côté, je ne concevais plus ma vie sans elle. Nous étions désormais inséparables. J'avais auprès de moi quelqu'un qui aurait pu être ma mère, celle que je n'avais jamais eue et dont j'avais toujours rêvé. Une personne m'aimant sans rien me demander en retour, sans rien espérer de moi si ce n'est un peu d'amour. J'étais enfin quelqu'un ! La fille de quelqu'un. Quand Élisabeth me faisait confiance et se livrait à moi, quand elle me demandait de la secourir alors qu'elle perdait pied, j'étais quelqu'un. Quand elle faisait des projets avec moi, quand elle osait verser des larmes sur mon épaule et les essuyait en s'excusant, j'étais quelqu'un. Quand elle s'inquiétait de savoir si j'avais froid ou faim, quand elle caressait tendrement ma joue en écoutant des chansons à l'eau de rose, j'étais quelqu'un. Quand je lui soutenais que tout irait mieux, que le temps ferait son affaire, et qu'elle me répondait : « Avec toi, j'en suis certaine », j'étais vraiment quelqu'un.

Ma mère – celle qui m'a mise au monde – ne m'a jamais désirée, songe-t-elle avec amertume. Elle rêvait d'avoir un fils, je l'ai déçue avant même de naître. Pire, je l'ai embarrassée. Elle a tout tenté pour m'expulser de son ventre : elle se brutalisait, grimpait aux arbres dans l'espoir que l'œuf se décroche, elle s'est chargée de me le faire savoir… Elle détestait l'idée d'avoir une fille, mais rejetait fortement celle d'avorter, en bonne chrétienne qu'elle était. Moi, je me suis accrochée. Dès ma naissance, j'ai connu l'enfer. L'enfer de l'indifférence, du mépris, du rejet. Je n'étais personne. Ni belle ni laide, ni bête ni intelligente. Rien. Juste rien. Pour ma mère, je n'existais pas. Pas une fois elle ne m'a serrée dans ses bras, témoigné la moindre affection, pas une fois elle ne m'a giflée ou grondée. Mes résultats scolaires lui importaient peu, mes angoisses d'adolescente l'irritaient, tout la contrariait. Elle n'a jamais pu avoir d'autres enfants. J'étais sa seule et unique progéniture. Le saint patronyme mourrait avec moi. Son rôle de femme était bafoué, mon père l'accablait de reproches et d'humiliations. J'étais sa culpabilité vivante et elle me l'a fait payer cher. Elle me l'a fait payer jusqu'à son dernier souffle, qui fut une morsure de plus. Elle est partie sans un mot pour moi, sans l'envie de m'avoir à ses côtés dans ses derniers moments. Elle est morte en m'ignorant comme elle m'avait ignorée tout au long de sa vie. Moi aussi, j'ai trouvé un peu de réconfort auprès de mon père, se dit Julie en pensant à Matthieu. Quand nous nous trouvions à Oléron chaque été pour les vacances, il savait se rendre disponible pour moi. Autant, durant l'année, il était accaparé par son travail, autant lorsque nous arrivions sur l'île, il savait prendre du temps pour moi sans compter. Lui qui fuyait les conflits et la banalité du quotidien partageait là-bas avec moi des moments précieux. J'attendais l'été avec impatience pour l'avoir rien qu'à moi. Il n'ignorait pas les rapports tendus que nous entretenions ma mère et moi, mais il ne s'est jamais immiscé dans notre relation. Il a toujours évité d'affronter les problèmes, il s'est abstenu de résoudre celui-là. Cela ne l'empêchait pas, sans doute, d'en vouloir terriblement à ma mère, mais son manque de courage l'emportait sur la colère. Ce n'est que plus tard que mon frère, mon demi-frère, est né, après la mort de maman, et le remariage de papa. C'est à mon frère que Guinard a fait allusion dans la maison d'Oléron, et non à Matthieu, bien sûr.

Soudain, l'image d'Édouard Buisson surgit devant les yeux de Julie. La seule et unique fois où elle avait vu son père s'emporter, c'est lorsqu'il avait mis un terme définitif à l'affaire

Buisson. Une sombre querelle de voisinage initiée par sa mère, à propos d'un terrain mitoyen dont chacun revendiquait la propriété. Julie revoit avec tristesse le visage déçu d'Élisabeth le soir du rendez-vous manqué. Je ne pouvais pas courir le risque de les laisser tous deux en tête à tête, regrette-t-elle. Édouard Buisson ne connaissait que trop bien ma mère, il aurait saboté tout le bel édifice que j'avais construit ! Ce mensonge-là m'a coûté. Les autres non. Tout ce que j'ai pu imaginer, raconter – même maladroitement puisqu'elle s'en est rendu compte – partait d'une belle intention que je ne regrette pas : celle d'embellir son existence et de la laisser partir sereine. Prise en défaut, j'ai souvent été obligée d'improviser en m'inspirant de ce que j'avais sous les yeux, pour broder au fur et à mesure une histoire qui me semblait tenir debout.

Même les médecins pensaient qu'elle ne recouvrerait jamais la mémoire, s'étonne la jeune femme. Cela restera un mystère. L'instinct d'un être humain aux dernières heures de sa vie est sans doute plus fort que la plus insidieuse des maladies. Jusqu'au bout, j'ai espéré la détourner de son funeste dessein. Je m'imaginais rentrer avec elle à Paris et poursuivre – le temps qu'il lui restait à vivre – cette si jolie relation mère-fille. C'était mon vœu. Celui que j'avais réclamé de toutes mes forces à l'étoile filante la nuit du drame. Deux minutes avant qu'elle se jette dans le vide, j'espérais encore. Élisabeth en a décidé autrement.

Perdue dans ses pensées, Julie marche depuis des heures. Elle arpente les rues de Paris. Parfois, un rayon de soleil l'éblouit et elle reste là, immobile, la tête renversée dans la lumière. Elle ne pense à rien d'autre qu'à savourer la chaleur. Peu à peu, les mauvais souvenirs s'estompent. La ville lui semble différente, joyeuse, vivante. « Paris est une fête », sourit-elle, se rappelant Hemingway. Elle se dirige sans l'avoir décidé vers le Palais-Royal et la jolie place Colette, où un groupe de musiciens a suscité un attroupement ; elle s'arrête pour les écouter.

Un homme nonchalant, coiffé d'un panama, la fixe d'un air rieur. Julie le dévisage, le trouve séduisant, à son goût. Elle rougit. Quelle sotte je suis ! pense-t-elle. Il lui semble que sous son chapeau bien mis, il lui adresse un clin d'œil.

Julie a la sensation d'être plus légère. Elle avance d'un pas leste vers les colonnes de Buren, en choisit une suffisamment basse pour s'y asseoir. L'existence est ainsi faite, pense-t-elle. Le matin, les larmes ; le soir, tout vous sourit. La vie commence toujours demain. Elle est pleine de premières fois. Certaines sont furtives, d'autres essentielles ; de celles qui changent notre destin. Petit à petit, la jeune femme reprend pied dans la réalité. Elle regarde le ballet des passants qui vont et viennent autour d'elle. Certains se dirigent vers la Comédie-Française, d'autres s'installent aux terrasses des cafés. Élisabeth est là, désormais. Avec elle. Julie a changé. Elle a quitté son chagrin comme une peau. La vie commence pour moi, se dit-elle.

Je tiens à remercier Michel Lafon et ma chère Huguette Maure pour leur soutien sans faille.
Merci à Ambre Rouvière de m'avoir accompagnée.
Merci à Karim Malglaive pour son dévouement.
Merci à A. car depuis lui, plus rien n'est sombre, plus rien n'est noir, pas même la neige.

Direction littéraire
Ambre Rouvière

Composition : Compo-Méca S.A.R.L.
64990 Mouguerre

Imprimé en Espagne
par JCG

Dépôt légal : mars 2013
N° d'impression : 01
ISBN : 978-2-7499-1876-1
LAF 1314